Carl von Lieser
Vorsicht Rotlicht!

RMV

RHEIN-MOSEL-VERLAG
Briedel/Mosel
Römerstraße 6 D-56867 Briedel
Tel. 06542/5151 Fax 06542/61158

ISBN 3-89801-101-1
Satz: Cornelia Czerny
Lektorat: Udo Marx/Dr. Charlotte Houben
Umschlag: Alfred Nolden
Druck: Weihert-Druck Darmstadt

Carl von Lieser

Vorsicht Rotlicht

Kriminalroman

RHEIN-MOSEL-VERLAG

Der Autor:

Carl von Lieser, geb. 1955 an der Mittelmosel, wohnt im Trierer Vorort Olewig und arbeitet selbständig als Forstökologischer Planer.

»Vorsicht Rotlicht!« ist sein dritter Kriminalroman.

1. Die Nachricht

Im Leben passieren manchmal Dinge, die gibt es gar nicht. Zumindest will es scheinen, als könne es sie gar nicht geben, oder als dürfe es sie nicht geben. Liebesgeschichten zum Beispiel, verrückte Liebesgeschichten. Und dennoch, wir wissen es doch alle, sie kommen vor, sie ereignen sich ganz einfach, sie platzen so mir nichts dir nichts mitten hinein in unseren wohlgeordneten, scheinbar logisch geplanten, stundenplanmäßig abzuarbeitenden Alltag.

›Matz Mendgen, du bist verückt geworden, du alter Sack!‹ dachte ich und meinte es sogar bierernst.

Noch ein paar Monate, dann würde ich vierzig sein, das klassische Alter für Midlife-Crisis-Anfällige. Männer im zweiten, dritten Frühling bekommen plötzlich Geschmack auf junges Gemüse. Ein letzter Seitensprung noch – und die Trennung von der eigenen Ehefrau ist nur noch eine Sache von Anwaltsraffinessen. Ich weiß, ich weiß, ›alles Klischees‹, werden Sie einwenden. Einverstanden. Auf mich traf dieses Klischee ohnehin nicht zu, lag doch meine Scheidungsphase schon geschlagene sieben Jahre hinter mir, irgendwo weit weg im Nirwana. Unsere Ehe war nach drei Jahren mehr oder weniger ernsthaften Bemühens gescheitert. Fragen Sie mich nicht, woran und warum. Meine Frau ist längst wieder glücklich verheiratet, sie hat mich überwunden, vielleicht sogar vergessen, schließlich hatten wir keine Kinder. So hat sich unsere Ehe förmlich in Luft aufgelöst. Gut so. Ich habe das Trauerjahr, sofern es eins war, wacker durchgestanden, bin jetzt seit sechs Jahren wieder ›Junggeselle‹, innerlich und äußerlich. Habe die gemeinsame Landwohnung längst aufgegeben und wohne jetzt idyllisch-ländlich am Irrbach, in Trier-West, als Untermieter bei Fritz Erdmann, einem 80jährigen Kauz, dessen Frau vor fünf Jahren verstorben ist. Früher war er einmal in seinem Viertel hauptamtlicher Austräger der FAZ, der SZ und der Bild am Sonntag. Ich ging ihm im Garten zur Hand und durfte als Gegenleistung seine schöne Laube im Hinterhaus mitbenutzen. Da mir mein Lehramt am Heinegymnasium (HGT) – Französich und Spanisch – eine Menge Freizeit einbrachte, über die ich mangels Familie ganz egoistisch verfügen durfte, übte ich neben der Gartenarbeit einen weiteren Lustjob aus, und zwar den eines Redakteurs bei der Anderen Zeitung (AZ) in Trier, der monatlich erscheinenden ›großen Alternative‹ zum ›Volksfreund‹, dem Tageszeitungsmonopolisten am Ort. Für die AZ arbeitete ich natürlich unentgeltlich, man beutete sich ja schließlich sonst nicht aus. Ich muß zugeben, das Blatt war mir damals sehr ans Herz gewachsen, etwa ein Ersatz für meine Ehe? Nein, soweit würde ich nicht gehen. Und doch stimmt im Rückblick eines: wäre ich weiterhin verheiratet geblieben, hätte ich mit Sicherheit nicht so viel Energie, Zeit und Herzblut in dieses kleine, unscheinbare, so sehr verletzliche, mitunter auch verletzende Stadtmagazin stecken können.

Und jetzt das: Liebe! Ich war verliebt. Ach, was sage ich, ich hatte mich unbarmherzig verknallt in Naomi. Nein, nicht Naomi Campbell, obwohl sie mir auch gut gefällt – unter uns gesagt. Aber meine Naomi hieß Beilstein, ja, so lapidar deutsch wie das romantische kleine Städtchen an der Untermosel. Naomi Beilstein, eine Studentin der Geographie, hätte fast meine Tochter sein können mit ihren 25 Jahren. Irre, verrückt! So verrückt wie übrigens ihre Lebensgeschichte. Geboren in Kamerun, verlor sie zusammen mit vielen anderen Kindern einer dörflichen Region ihre Eltern, als diese bei Feldarbeiten von einem plötzlichen Vulkanausbruch überrascht und rettungslos verschüttet wurden. Ein Priester der Weißen Väter, der sich zufällig in der abgelegenen Region aufhielt, kümmerte sich um einige der Waisenkinder, organisierte für sie einen Flug nach Uganda, zur Zentrale seines Ordens, wo er die Kinder einige Monate in einem Hort unterbrachte. Der in Trier ansässige Orden, der seit Jahrhunderten in Ostafrika missioniert, hatte später einige der Kinder zu Adoptiveltern in Deutschland vermittelt. So wuchs Naomi als schwarzes, kleines Mädchen bei den Beilsteins in Bernkastel-Kues wohlbehütet auf – der Vater leitete das staatliche Forstamt am Ort – und entwickelte sich zu einer sehr hübschen, großen, schwarzen, deutschen Frau. Wenn ich ehrlich sein soll, muß ich zugeben, daß ich anfangs meine Probleme damit hatte, ihr das durch und durch deutsche Denken und Handeln abzunehmen, das sie an den Tag legte. Aber daß sie ausgerechnet Geographie studierte, zeigte ja schon, daß sie recht hatte. Sie erschien mir gelegentlich sogar deutscher als deutsch zu sein, zum Beispiel, wenn sie sagte: »Ich bin eigentlich ganz normal«. Naja, zumindest für meine Wahrnehmung stimmte das zum Glück nicht.

›Nein, wie kann man nur!‹ dachte ich, als sie mir ihr Studienfach verriet. Es war damals in der Nacht im Palais, im Schatten des Domes, beim Reggaeabend des Drei-Tonnen-Clubs. Wie lange war das jetzt her? Sechs, sieben Wochen, Anfang Mai, ich weiß es noch genau: am Abend des fünften wars. Eine ideale Zeit zum Frisch-Verlieben. Machte dem Monat Mai alle Ehre. Natürlich war es meinem Vermieter nicht entgangen, daß Naomi hin und wieder bei mir übernachtete, und es schien ihn zu freuen: »Dann gibt's bald einen kleinen Matz«, juxte er schon.

Wie war das möglich? Hatte ich doch mit diesen Gefühlen längst abgeschlossen, hatte seit meiner Scheidung nur ein paar flüchtige Bekanntschaften – rasche Trennungen, okay, hin und wieder ein One-Night-Stand, aber nichts Bleibendes, nichts Umwerfendes. Das mit Naomi hatte mich dagegen total aus der Bahn geworfen. Ich glaube, selbst meinen Schülern war das nicht entgangen. Ich wurde unaufmerksam im Unterricht, war oft gar nicht anwesend, verplapperte und verhaspelte mich des öfteren, ganz einfach, weil ich voll Naomi war. Alles in mir war Naomi, in meinem Inneren herrschte drei Wochen Kernschmelze, ein Supergau! Selbst mein Hobby, die Zeitung, ließ ich schleifen. Gerade mal eine Seite hatte ich beigesteuert zur aktuellen Juniausgabe, eine Seite über den Prozeß gegen den Inhaber des Trierer Eros-Centers, Günter Hermsdorf. Der saß schon seit einiger Zeit in Untersuchungshaft, die Anklage warf ihm unter anderem Menschenhandel vor, Schacherei mit Frauen. Er soll sich regelmäßig geschäftsbelebendes ›Frischfleisch‹ auf dem illegalen Markt für seinen Puff besorgt haben. Wahrscheinlich Alltag in diesem Milieu. Förderung der Prostitution war ein anderer Punkt, und zumindest in einem Falle auch Vergewaltigung einer jungen Frau mit dem Ziel der Gefügigmachung für den Betrieb. Harte Hämmer also. Der Prozeß dümpelte seit Wochen zäh vor sich hin. Reihenweise waren potentielle Zeuginnen umgefallen, kurz bevor sie vor Gericht aussagen sollten, machten sie einen Rückzieher. Nur eine einzige Frau, eine Ghanaerin, war noch übrig geblieben, und sie sollte morgen früh, am Donnerstag, in der Verhandlung vor Gericht auftreten. Das wollte ich mir nicht entgehen lassen, zumal Donnerstag mein freier Tag war.

Aber im Grunde genommen fiel es mir immer noch schwer, mich auf andere Sachen zu konzentrieren. Was die Liebe anrichten kann! Ich war noch immer aus dem Häuschen, und der alte Erdmann trieb weiterhin seine Späßchen mit mir. Ob er nachts ein Ohr an meine Wohnungstür hielt? Zuzutrauen war dem das. Er war zwar ein alter Mann, aber für seine Verhältnisse noch verdammt spitz. Und ich hatte schon bemerkt, daß Naomi ihm gefiel. Ich sah, wie er um sie herumschwänzelte, wenn wir gemeinsam draußen in der Gartenlaube saßen. Er bekellnerte sie wie ein junger Spund, so flott hatte ich ihn all die Jahre hindurch nicht erlebt. Und letzte Woche erzählte er mir, daß er sich einen Sonnenbrand geholt hatte, und was glauben Sie wohl wo? »Am Penis«, sagte mir der geile Bock. »Ich war auf der Liege eingeschlafen.« Na, hoffentlich war ihm das eine Lektion! Stellen Sie sich vor, Naomi wäre gerade zu Besuch gekommen ... Nein, dieser Alte!

Der Juni verwöhnte uns dieses Jahr mit frühem Badewetter. Für kommendes Wochenende hatte ich mit Naomi einen Ausflug zum Losheimer See abgemacht, sie freute sich riesig darauf, weil sie noch nie dort gewesen war. Heute Abend würde sie mich zuhause besuchen, nach ihrer Arbeit an der Uni, die sich oft bis in die frühen Abendstunden hinzog. Wie immer freute ich mich tierisch auf ihren Besuch, seit Stunden schon kreisten Schwadronen von Schmetterlingen orientierungslos durch meine Eingeweide, dicke Brummer! Ich war ganz high, konnte mich seit gut einer Stunde mit nichts Ernsthaftem mehr beschäftigen. Das einzige was ich tat, war, auf dem Sofa in der Laube zu liegen, alle Glieder von mir zu strecken, die warme Luft zu genießen, die meine Haut umschmeichelte, dabei Radio zu hören und zu warten – warten auf meine schwarze Perle, die ich anhimmelte im hellen Licht dieser aufreizenden Junisonne. Selbst Fritz Erdmann konnte mich jetzt nicht stören, er konnte mich nicht aus meinen Träumen reißen, weil er sich – einer alten Gewohnheit folgend – in der Stadt aufhielt, auf irgendeiner Kunstvernissage, wo es etwas umsonst zu trinken gab.

Die Acht-Uhr-Nachrichten unterbrachen die englischen Charts auf SWF 3. Halb im Traum verfolgte ich die Meldungen. Wie von einer Tarantel gestochen schnellte ich jedoch hoch, als der Name Trier fiel: ein Mord war passiert! »... Die Leiche wurde an einem Bachufer in einem Waldgelände unweit der Stadt von Spaziergängern gefunden. Bei der Frau schwarzer Hautfarbe soll es sich nach ersten Erkenntnissen der Polizei um eine Prostituierte aus Westafrika handeln«.

Jetzt war ich hellwach. Gedankenblitze zuckten durch mein Hirn. Das konnte doch nicht wahr sein!

Im ersten Schreck dachte ich, es könnte Naomi sein, die umgebracht worden war. Das ist nun mal so, wenn einem das Herz auf der Haut liegt. Doch dann stand für mich fest, daß es sich bei der Toten wohl um jene Prostituierte aus Ghana handelte, deren Auftritt ich mir morgen im Landgericht hatte ansehen wollen. Hatte die Frau keinen Zeugenschutz gehabt? Was hatten Polizei und Staatsanwaltschaft getan, um ihre körperliche Unversehrtheit zu garantieren? Waren die Behörden in den Skandal verstrickt? War die Frau unbequem, nicht nur für den Zuhälter, sondern auch für andere Beteiligte? Tausend Fragen gingen mir durch den Kopf.

Ich zitterte am ganzen Körper. Es war ja hinlänglich bekannt, daß eine ganze Reihe lokaler Behörden tangiert wurden vom Trierer Rotlichtschlamassel, der seit Jahren schon sein ganz eigenes Licht auf das öffentliche Leben in der Stadt warf. Kaum ein Stammtisch, an dem nicht darüber diskutiert, gelästert, gelacht worde. Das einzige, was fehlte, waren stichhaltige Beweise. Und dazu brauchte man Zeugen, lebende.

Meine freudige Stimmung in Erwartung von Naomis Besuch war jetzt natürlich hin. Wie gelähmt saß ich in dem Rattan-Schaukelstuhl, nachdem ich von dem Sofa aufgesprungen war, um die Musik abzustellen. Das Radio konnte ich jetzt nicht mehr ertragen. Die Schmetterlinge im Bauch hatten sich längst verflogen, dafür wuselte jetzt ein Ameisenvolk in meinem Kopf. Wie konnte ich einfach hier sitzen und nichts tun? Vor wenigen Wochen noch hätte ich nach dieser Nachricht Gott und die Welt alarmiert, hätte die halbe Nacht hindurch recherchiert, Polizei und Staatsanwaltschaft die Hölle heiß gemacht. Aber jetzt, mit dem zarten Keim einer neuen Liebe im Herzen schien ich wirklich ein anderer Mensch geworden zu sein. Was hätte ich schon tun können? Klar, ins AZ-Büro im Stadtzentrum fahren und die Pressemitteilung einsehen, die mit Sicherheit in dieser Stunde per Fax eingegangen war. Aber ich hatte keinen Bock darauf. Ich konnte mich eben noch dazu durchringen, ins Haus zu gehen und die Nummer des Polizeipräsidiums zu wählen. Der Geschäftszimmerbeamte ließ mich locker abblitzen.

»Nein, Herr Mendgen, tut mit leid, Frau Dr. Schmidt hat bereits Dienstschluß.«

Hätte ich mir denken können, daß die Pressestelle der Polizei jetzt nicht mehr besetzt war.

»Vielleicht können Sie mir weiterhelfen, Herr Wachtmeister. Es geht um den Mordfall, der gerade durch die Nachrichten gegangen ist. Im Stadtwald wurde eine Leiche gefunden, eine Schwarzafrikanerin ...«

»Dazu kann ich leider nichts sagen, Herr Mendgen«, würgte er mich ab. »Sie haben zwar recht, es wurde eine Tote gefunden, aber soweit ich informiert bin, ist die Frau noch nicht identifiziert.«

»Aber es hieß doch, die Frau stamme aus Westafrika. Und morgen früh soll eine Frau aus Ghana im Strafprozeß gegen Hermsdorf aussagen ...«

»Tut mir leid, Herr Mendgen. Ich kann Ihnen wirklich nicht mehr dazu sagen. Versuchen Sie es morgen früh auf unserer Pressestelle. Die Nummer lautet ...«

»Danke, Herr Wachtmeister, die Nummer ist mir bekannt.«

Von einer Pressemitteilung wollte der Polizist auch nichts gehört haben, obwohl sie vermutlich sogar von seinem Büro aus losgefaxt worden war. Wie sonst sollte der Südwestfunk informiert worden sein? Manchmal war es schon ein Graus mit der Polizei, mit ihrer Geheimnistuerei, mit der Versteckspielerei, gerade im Umgang mit unserer kleinen Zeitung. Dieses Verhalten ging mir schon seit geraumer Zeit gehörig an die Nerven.

Da fiel mir ein, ich könnte Walter Zimmer anrufen; er war der Anwalt der Ghanaerin. Mist, ich hatte nur seine Kanzleinummer im Notizbuch stehen, und im Telefonbuch war kein Walter Zimmer eingetragen. Er wohnte wohl außerhalb der Stadt.

Gerade als ich wieder in die Laube treten wollte, kam sie mir entgegen, Naomi, mit jenem unwiderstehlichen Lächeln auf den Lippen, das ihre strahlendweißen Zahnreihen preisgab, mit dem sie mich von Beginn an wie ein Magnet in ihren Bann gezogen hatte. Wir stürzten förmlich aufeinander und umarmten uns heftig. Ihr langes, zu feinen Rastabändern gedrehtes, pechschwarzes Haar umgarnte meinen Oberkörper, während wir uns schweigend eine gute Weile drückten und klammerten. Wie viele Jahre hatte ich dieses wohlige Gefühl des Einsseins mit einem weiblichen Partner vermißt! In diesen stillen Augenblicken der Begrüßung wurde mir mein ganzes Glück erst so recht bewußt, das ich zur Zeit erleben durfte. Ich hätte jauchzen können vor Freude.

»Matz, was ist los mit dir, du bist ja so still. Ist etwas passiert?« fragte Naomi schließlich, als wir uns etwas voneinander gelöst hatten. Klar, daß ihr meine Grundstimmung nicht entgangen sein konnte.

»Komm, setzen wir uns erst, Naomi. Was willst du trinken?« Sie wollte nur ein Glas Leitungswasser, ich holte mir ein Stubbi. Dann setzten wir uns auf die 50er-Jahre-Couch an der Seitenwand der Laube.

»Hast du schon die Nachrichten im Radio gehört?« fragte ich.

»Nein, den ganzen Tag noch nicht. Ich hatte heute viel Streß. Ich komme direkt aus dem Labor. Wir haben noch eine Serie von Quellwasserproben aus der Region untersucht. Also, an der Mosel, da ist alles ganz schön sulfatig, nichts mehr mit Trinkwasserqualität. – Aber sag, Matz, was ist los? Was ist denn passiert?«

Mal abgesehen von den Wochenenden passierte es bisher nur ein bis zweimal in der Woche, daß Naomi abends zu mir kam, denn normalerweise fuhr sie nach ihren Veranstaltungen immer sofort nach Bernkastel zurück. Sie hatte ihr Zimmer bei ihren Eltern noch nicht aufgegeben, sie fühlte sich dort pudelwohl, wie sie sagte. Deshalb war es nun um so bedauerlicher, daß ich uns mit der Neuigkeit den ganzen Abend verderben würde. Aber es half ja nichts, sie hatte mir ja längst angemerkt, daß etwas nicht stimmt.

»Naomi, ich glaube, die haben die Zeugin umgebracht. Weißt du, die Frau, die morgen im Prozeß gegen Hermsdorf aussagen sollte.«

»Woher weißt du das?«

»Sie haben es gerade eben im Radio gemeldet.«

Naomi hielt einen Moment lang inne, ihre liebliches, glattes Gesicht verdüsterte sich. Noch nie zuvor hatte ich sie so ernst gesehen, mit so vielen Längsfalten auf der Stirnmitte.

»Meinst du, sie haben die Frau gezielt aus dem Weg geräumt wegen des Prozesses?«

»Wenn du mich so fragst, ja. Dieses Milieu ist nicht gerade bekannt für seine freundschaftlichen Umgangsformen. Daß man dort über Leichen geht, ist nichts Ungewöhnliches. Schlimm finde ich nur, daß unser Staat offenbar nicht in der Lage war, diese Frau zu schützen. Für jeden halbwegs vernunftbegabten Menschen mußte doch ganz klar sein, daß sie höchst bedroht war. Das ist eine schallende Ohrfeige für unsere Justiz, eine Schande!«

Naomi hatte sich bis vor wenigen Wochen nur sehr am Rande um die trierischen Verhältnisse gekümmert, nur hin und wieder hatte sie in der Unibibliothek in den ›Volksfreund‹ reingeschaut. Erst in den letzten Wochen bekam sie durch meine ehrenamtliche Tätigkeit bei der AZ ein paar Hinweise auf aktuelle Vorgänge in der Stadt, deren Zentrum einfach zu weit weg lag von der Uni – oder umgekehrt. Die Studenten nahmen in ihrer Mehrheit kaum Notiz am kommunalen Geschehen. Und Naomi bestätigte zunächst voll und ganz dieses (Vor-)urteil, das sich in unserer Redaktion nach jahrelanger Reportertätigkeit eingenistet hatte. Doch inzwischen hatte ich sie zumindest für die Sache Hermsdorf ein Stück weit sensibilisieren können.

Seit sie anfing, häufiger bei mir zu übernachten, überflog sie regelmäßig den Lokalteil der einzigen Tageszeitung in der Stadt, des guten alten *Volksfreunds*, dessen Namen manche Kritiker freilich als gelungene Realsatire auffaßten. Und sie las vor allem die Berichte über den Prozeß, in denen immer wieder mal einige ganz gute Hintergrundinformationen über die schlüpfrige Szene der Stadt versteckt waren. Und Naomi war aufmerksam geworden, als sie von den zahlreichen Frauen aus dem westafrikanischen Raum las, die das Schicksal nach Trier verschlagen hatte. Da hatte sie plötzlich ein Thema, das ihr wirklich sehr nahe ging. Frauen aus Afrika, Frauen in ihrem Alter, lebten unter äußerst fragwürdigen Umständen quasi in unmittelbarer Nachbarschaft, und sie hatte bisher nicht mal etwas von ihrer Existenz geahnt. Ihre spontane Traurigkeit über den Tod der Prostituierten war nicht gespielt, sie war wirklich sehr gerührt, und ich hatte sie da mit hineingezogen. Dabei wollte ich sie gar nicht leiden sehen.

Ich hatte mich schon so schön in ihrer Lebensfreude eingenistet, hatte mich von ihrem positiven Wesen, ein Stück weit anstecken lassen. Doch die Wirklichkeit ist manchmal nicht gnädig mit uns Romantikern, sie rüttelt uns schon mal mit harten Fakten wach und reißt uns aus allen Träumen. Sie zeigt uns dann ihre wahre Macht.

Wir saßen da und schauten uns eine geraume Zeit wortlos an. Sie verhielt sich still wie selten zuvor, ich konnte nicht anders, ich mußte sie küssen. Ich schmeckte ihre großen, weichen Lippen, unsere Zungenspitzen nahmen rasch Kontakt zueinander auf. Wir drückten uns fest aneinander und begannen, intensiv zu schmusen. Wir genossen das starke Gefühl unserer gegenseitigen Anziehung, nur zu gerne ließen wir uns abdriften vom Ufer der rauhen Wirklichkeit und tauchten hinab in eine Flut von Liebkosungen, der pochenden Herzen, des Ozeans, in dem sich die Synapsen überschlagen, die Blutgefäße endlos weiten und der Bauch zum Zentrum der Fülle, zum Kosmos des Lebens wird.

Wir dachten gar nicht daran, nach oben zu gehen, in meine Wohnung, auf mein französisches Bett, das in den letzten Wochen einer völlig ungewohnten Nutzung zugeführt worden war. So mußte es zwangsläufig dazu kommen, daß wir eng umschlungen mitten in der Hitze unserer Aktivitäten den Überblick verloren und die Rückkehr meines Vermieters völlig außer acht ließen.

»Na, dat ist ja eine Überraschung! Laßt euch von mir nicht stören, Kinder. Als ich jung war, hab ich dat auch so gemacht.«

Einen kleinen Schreck jagte Erdmann uns schon ein, als er plötzlich neben uns stand, und uns ziemlich hart auf den Boden der Tatsachen zurückbrachte. Ein wenig diskreter hätte er das für meinen Geschmack schon tun können. Aber schließlich ist es seine Terrasse und seine Couch. Zum Glück waren wir noch einigermaßen bekleidet.

»Wir saßen eigentlich ganz friedlich hier ...«

»Is schon gut, Matz. Hier, mach mal die Flasch auf. Die hab ich mitgebracht von der Vernissage im Landesmuseum.«

Naomi sagte nichts. Sicher war sie ein wenig sauer über die Aufdringlichkeit des Alten. Es war draußen inzwischen dunkel, und Erdmann hatte die Schiffslampe angezündet, die er vor Jahren einmal über der Laube angebracht hatte. Eigentlich waren Naomi und ich reif für die Falle und wir wollten uns schon zurückziehen.

»Auf den Schock hin müssen wir einen trinken«, bettelte Erdmann. »Habt ihrs denn überhaupt schon gehört? Die haben eine Hure umgebracht, aus der Luxemburger Straße! Grad mal einen Katzensprung von hier weg. Mein Gott, wat is dat für ein Welt!«

Es war ein 91er Riesling Kabinett, ein Ockfener Bockstein, einer von der Sorte, die ich liebte, ein erdiger, würziger Saarriesling. Den konnte ich Erdmann nicht ausschlagen. Und selbst Naomi nahm ein Glas. Wir redeten und spekulierten in die laue Nacht hinein. Erdmann wußte ja, daß ich in der Sache Hermsdorf recherchierte, auch er war davon überzeugt, daß es sich bei der Toten um die Zeugin handelte.

»Ein eiskalter Auftragsmord war dat,« wiederholte er kopfschüttelnd.

Es war fast Mitternacht, als ich mich mit Naomi schließlich absetzen konnte. Nach einer eiligen gemeinsamen Dusche konnten wir uns endlich unbeobachtet aneinanderkuscheln, und es bedurfte geringer Anstregungen, um bald ineinander zu zerfließen ...

2. Bei Gericht

Die Umgebung des Landgerichts glich an diesem Donnerstagmorgen einem Hochsicherheitstrakt. So etwas kannte man nur von hochrangigen Staatsbesuchen oder von Schauplätzen terroristischer Anschläge. Mehrere Dutzend uniformierter, schwer bewaffneter Spezialisten patroullierten durch die umliegenden Straßen und sicherten jede Ecke und jeden Winkel. Selbst auf einigen der alten Platanen gegenüber der Gebäudefront waren Scharfschützen mit Visier-MPs in Stellung gegangen. Offenbar aus Angst vor Autobombenanschlägen oder Busentführungen war der gesamte motorisierte Straßenverkehr für diesen Morgen großräumig umgeleitet worden. Eine völlig ungewohnte, knisternde Stille lag über dem Viertel. Wegen des abschreckenden, martialischen Aufgebots an paramilitärischen Einheiten wagten sich nicht einmal mehr Fußgänger oder Radfahrer auf die Straßen. Nur die ihren Nachwuchs versorgenden Saatkrähen in den obersten Wipfeln der Platanen krächzten scheinbar ungehemmter als sonst angesichts des ungewohnt friedlichen Anblicks dort unten. Kurz vor neun Uhr fuhren schließlich mehrere Polizeifahrzeuge, eskortiert von einem Dutzend Kradfahrer, vor dem Gebäude auf. Die Verhandlung würde wie geplant, zur festgesetzten Zeit beginnen.

Naomi stand schon unter der Dusche, als ich mich noch an ihren Körperdüften labte, die in den zerwühlten Laken der Nacht haften geblieben waren. Als sie unter dem Wasserstrahl Whitney Houstons »Love is a contact sport« trällerte, lief mir ein heißer Schauer über den Rücken. Noch einmal igelte ich mich für einen Augenblick in die schweißgetränkten Leinentücher ein.

Wir waren spät dran, und die Bäckerei in der Hornstraße war zu weit entfernt, um das in einer Minute zu erledigen. Also frühstückten wir noch ein Stück französischer als es die Franzosen für gewöhnlich tun: pro Nase zwei Tassen Cafe au lait, c'etait tout. Die Zeit reichte gerade noch für einen Schnelldurchgang ›Volksfreund‹, ein recht großer Artikel war dem Mord an der Prostituierten gewidmet, auch dort war von einer Westafrikanerin die Rede, sogar ein mutmaßliches Foto von ihr war abgebildet. Dann mußten wir uns auf den Weg machen, schließlich wollten wir pünktlich im Landgericht sein. Was heißt wir? Eigentlich war es mein Plan gewesen, allein dort hinzufahren, Naomi hatte genug zu tun an der Uni. Aber sie hatte mir schon gestern Abend signalisiert, daß sie mich heute morgen auf alle Fälle begleiten würde. Der Mord an der Frau hatte alle ihre Pläne umgeworfen, sie hatte Feuer gefangen, der Fall war ab sofort nicht mehr allein mein Fall.

»Soll'n wir's Auto nehmen, Naomi? Wir sind knapp mit der Zeit.«

»Ach was, Matz. Hast du nicht gesagt, du hast ein Fahrrad für mich, für alle Fälle? ... Also, was dann? Das sind doch grad mal fünf Minuten, das schaffen wir schon. Das ist besser für die Umwelt, und wir brauchen keinen Parkplatz zu suchen.«

Okay, sie hatte natürlich mal wieder recht. Alleine wäre ich ohnehin nicht auf die Idee gekommen, die zwei Kilometer mit dem Auto zu fahren. Aber wenn man verliebt ist, will man es der Auserwählten immer recht machen. Was Mann da nicht alles tut ...

Ein Glück, daß ich auf Naomi gehört hatte. Bereits 300 Meter vor dem Landgericht wurden wir gefilzt. Sogar meine Kamera wollte man mir abnehmen, doch mein Presseausweis bewahrte mich davor. Als ich mein Rad wieder besteigen wollte, haute einer der beiden Polizisten des Kontrollpostens Naomi an: »Huren dürfen wir nicht reinlassen.«

Was dann passierte, ging so schnell, daß ich zuerst dachte, ich träume. Naomi schlug dem betreffenden Bullen mit der flachen rechten Hand derart eine auf die Wange, daß er auf der Stelle wie vom Blitz getroffen abhob und sich Sekundenbruchteile später im Straßenstaub wiederfand. Scheiße! dachte ich nur und ließ mein Rad instinktiv los, um ihr helfen zu können. Doch da hatte sie der zweite Beamte schon fest von hinten gekrallt und rief lauthals Verstärkung herbei. Jetzt nur die Nerven behalten! sagte ich mir. Ich redete auf Naomi ein, beruhigte sie, was nicht gerade leicht war. Der niedergeschlagene Beamte stand inzwischen wieder und spuckte Naomi wortlos vor die Füße. Eine Riesensauerei war das, das war klar. Doch ich wollte in diese verdammte Verhandlung rein, und zwar in Naomis Begleitung! Da das Verfahren weiterhin öffentlich war, konnte man ihr den Zugang gar nicht verwehren.

»Sie wissen, was das bedeutet, junge Frau. Sie werden sich auf eine Strafanzeige wegen Widerstands gegen Vollstreckungsbeamte gefaßt machen müssen, und auf eine Zivilklage wegen Körperverletzung«, sagte der zweite Beamte, der von Naomis Attacke verschont geblieben war.

Bevor Naomi antworten konnte, hielt ich ihr rasch mit einer Hand den Mund zu und versuchte, weiter abkühlend auf sie einzureden. Ich hielt sie jetzt ganz alleine in meinem freien Arm, da der Beamte sie endlich losgelassen hatte. Zwei herbeigeeilte Beamte standen dumm herum und befummelten ihre Waffen. Die anderen nahmen unsere Personalien auf, erst danach erlaubten sie uns weiterzugehen. Die Räder schoben wir das letzte Stück, zum Radfahren waren wir nun zu erregt.

»So ein Wichser«, fluchte Naomi, als wir etwas Abstand erreicht hatten. »Der denkt wohl, jede schwarze Frau ist eine Hure. Das kommt den teuer zu stehen.«

Ich tröstete sie so gut es ging. Natürlich war ich genauso verärgert wie sie, andererseits war dieses Verhalten der Polizisten auch keine große Überraschung für mich. Ich verfügte über ausreichend eigene Erfahrungen mit der Staatsmacht innerhalb der Mauern unserer Bischofsstadt.

Gegen neun Uhr 30 eröffnete der Vorsitzende Richter Peter Röhlers in Begleitung von vier Beisitzern die Verhandlung. Ich war ebenso baff wie Naomi, als wir feststellten, daß eine Schwarzafrikanerin auf der Zeugenbank Platz nahm, neben ihr Rechtsanwalt Zimmer, den ich leider vor Beginn der Verhandlung aus Zeitmangel nicht mehr sprechen konnte. Nach den einleitenden Worten des Richters präsentierte Oberstaatsanwalt Bruno Breitkreuz seine Zeugin. Unter den gut drei Dutzend anwesenden Journalisten und sonstigen Prozeßbeobachtern war deutliches Gemurmel zu hören. Bislang war kein einziges Wort über den Mord vom Vortag gefallen. Der Angeklagte Günter Hermsdorf saß mit stoischer Ruhe auf seiner Bank, flankiert von seinen beiden Verteidigern, neben diesen jeweils zwei schwer bewaffnete Männer im Kleiderschrankformat.

»Ich rufe Sie auf, Frau Maria Tonga«, fuhr Richter Röhlers fort, nachdem Breitkreuz seine Einlassungen beendet hatte. »Sie haben gehört, meine Dame, der Herr Oberstaatsanwalt hat Sie als Zeugin in dem laufenden Verfahren gegen Herr Günter Hermsdorf benannt. Ich frage Sie nunmehr, sind Sie bereit auszusagen, im gegebenen Falle auch unter Eid?«

Jetzt hätte man eine Stecknadel im Saal fallen gehört. Allen Anwesenden schien der Atem für einen Moment zu stocken. Nur Rechtsanwalt Zimmer machte eine Ausnahme.

»Herr Vorsitzender, Richter Röhlers, meine sehr verehrten Damen und Herren! Ich darf Ihnen hiermit im Namen meiner Mandantin, Frau Maria Tonga-Basari, mitteilen, daß sie von ihrem Recht auf Aussageverweigerung Gebrauch macht.«

Der letzte Satz brachte wieder Bewegung in den Saal, die Lungenflügel der Anwesenden wurden wieder mit Frischluft versorgt. Es war dies allerdings eine Reaktion, mit der die meisten Kollegen der Presse ihre Unzufriedenheit mit dem auszudrücken schienen, was der Anwalt gerade vorgetragen hatte.

»Eine kleine Aussage wollen Sie uns doch bitte machen, Frau Tonga«, setzte Richter Röhlers nach. »Wenn es stimmt, was Herr Zimmer da soeben gesagt hat, so antworten Sie bitte jetzt nur klar und deutlich mit: ja.«

»Ja, Herr Richter.« Es war eine mehr hingehauchte denn deutlich vernehmbare Antwort.

»Vielen Dank, Frau Tonga. So darf ich notieren: Aussage verweigert. Nun, Herr Oberstaatsanwalt, haben wir weitere Zeugen?«

Breitkreuz schien es völlig die Sprache verschlagen zu heben. Wiewohl er offenbar von Anwalt Zimmer auf die Möglichkeit einer Aussageverweigerung seiner Mandantin hingewiesen worden war, tat er sich schwer damit, dies jetzt zu akzeptieren. Zumal er nun mit völlig leeren Händen dastand. Was wollte er Hermsdorf denn jetzt überhaupt noch anlasten? Wo waren die Beweise?

»Zur Zeit keine weiteren Zeugen«, sagte er resigniert. »Hohes Gericht, ich beantrage die Vertagung der Verhandlung.«

»Jemand dagegen?« Richter Röhlers schien nicht ganz unglücklich zu sein über diesen Antrag. Die schwerste Last dieses Arbeitstages wäre damit bereits nach wenigen Minuten bewältigt.

»Das Gericht zieht sich zu einer kurzen Beratung zurück«, verkündete er dann, und die fünf Richter verschwanden durch die Tür hinter ihrer Tischreihe. Die im Saal abgestellten Polizisten forderten alle Anwesenden auf, ihre Plätze nicht zu verlassen, es handele sich nicht um eine offizielle Verhandlungspause.

Naomi sah mich verwundert an.

»Das ist doch eine Farce«, sagte sie. Ich konnte nicht mehr tun als ihr recht zu geben. Es sah tatsächlich so aus, als wären wir besser noch ein paar Stunden zuhause unter der Decke geblieben.

»Beschluß!« deklamierte Richter Röhlers nach kaum fünf Minuten Beratungszeit, als er und seine Kollegen wieder auf ihren Plätzen saßen.

»Die dritte Strafkammer des Landgerichts Trier hat beschlossen, die heutige Verhandlung in der Strafsache gegen Hermsdorf wegen Menschenhandel und Körperverletzung in Tateinheit mit Vergewaltigung für beendet zu erklären. Als nächster Verhandlungstag bleibt es wie geplant bei Mittwoch nächster Woche, gleiche Uhrzeit.«

Die gesamte Vorstellung hatte nicht einmal 30 Minuten gedauert. Und dafür dieser Riesenzirkus da draußen, Sicherheitsstufe 1, Straßensperrungen, eine Hundertschaft Bereitschaftspolizei und so weiter und so fort.

Die enttäuschten Pressevertreter drängelten laut schwatzend nach draußen, eine ganze Reihe von Polizisten stand zwar noch auf Posten, Kontrollen gabs aber keine mehr. Ich selbst blieb mit Naomi im Gerichtsgebäude zurück, da ich die Gelegenheit nutzen wollte, wenigstens kurz mit Rechtsanwalt Zimmer zu sprechen. Wir hatten uns vor dem offiziellen Ende der Verhandlung aus der Ferne mit einem Augenzwinkern gegrüßt. Danach war er eine zeitlang von Journalisten umringt, so daß er schließlich die Ordnungskräfte um Hilfe rufen mußte, um sich und seine ebenfalls eingekesselte Mandantin zu befreien. Bevor die beiden in Begleitung zweier Polizisten in Zivil durch eine Nebentür verschwanden, gab Walter Zimmer mir ein Handzeichen, daß ich einen Augenblick warten sollte. Tatsächlich kehrte er nach wenigen Minuten zurück, allein.

»Na, damit hat ja wohl niemand gerechnet, daß das heute so schnell über die Bühne ging.« Er schien seinen Humor noch nicht ganz verloren zu haben.

»Darf ich vorstellen, meine Freundin Naomi Beilstein.«

»Angenehm, Walter Zimmer. – Kommt, gehen wir hier raus, wir können draußen weitersprechen, wenn ihr wollt. Ich habe jetzt eh eine längere Pause.«

Noch immer war es sehr ruhig in dem Viertel, in dem das Gerichtsgebäude stand. Nur drüben auf der Freiterrasse des Krokodils, der einschlägigen Juristenkneipe am Ort, war Bewegung zu erkennen. Die Journalisten besprachen dort wohl gerade die dürftigen Ergebnisse der Veranstaltung, deren Zeugen sie eben geworden waren.

»Laßt uns die Dietrichstraße runtergehen, im Mephisto können wir freier sprechen«, schlug Walter Zimmer vor. Wir hatten keine Einwände.

Wir ließen unsere Räder am Gericht zurück und erreichten das Lokal nach wenigen Minuten zu Fuß und suchten uns einen schattigen Platz im weitläufigen Biergarten der Studentenkneipe.

»Was für ein Wetter«, stöhnte der Anwalt, der unter seiner schwarzen Robe schwitzte. Endlich legte er das feine Tuch ab und lockerte seine Krawatte. Wir Männer bestellten zweimal Milchkaffee, Naomi Cappuccino mit Sahne. Als die Bedienung gegangen war, konnte ich endlich sagen, was mir all die Zeit auf den Lippen gelegen hatte.

»Mensch, Walter, ich war gestern abend ganz schön schockiert, als ich die Meldung im Radio hörte. Ich war felsenfest davon überzeugt, daß sie die Zeugin, deine Mandantin, umgebracht hätten.«

Der Anwalt lächelte verschmitzt.

»So ganz daneben lagst du da gar nicht mal, Matz. Das ganze muß wohl ein Mißverständnis gewesen sein. Sie haben die Falsche gekillt, die Nachbarin von Maria.«

»Ach du Scheiße«, entfuhr es mir.

»Das gibts doch gar nicht«, sagte Naomi ganz entgeistert. »Das heißt, die Tote hatte überhaupt nichts mit dem Prozeß zu tun?«

»Genau das! Die Vorwürfe, die gegen Hermsdorf im Raum stehen, gehen ja einige Jahre zurück. Und die Ermordete, eine gewisse Frau Jasmine Pereira, war erst gut drei Wochen im Eros-Center tätig. Sie war übrigens Brasilianerin und keine Westafrikanerin, wie irrtümlich gemeldet wurde.«

»Arbeitet denn diese Maria Tonga etwa immer noch im Puff?« wunderte ich mich.

»Ja, sie hat tatsächlich bis gestern ›normal‹ weitergearbeitet. Sie lebt davon, seit sie vor drei Jahren nach Deutschland verschleppt wurde. Sie hat bisher keine andere Chance gehabt.«

»Aber das ist ja furchtbar«, erregte sich Naomi. »Die arme Frau lebt doch in permanenter Lebensgefahr.«

Die Bedienung brachte unsere heißen Getränke, wir schwiegen eine Weile betreten.

»Zum Glück konnte ich gestern abend den Breitkreuz, den Leitenden Oberstaatsanwalt, noch privat am Telefon erreichen. Maria untersteht seither dem Zeugenschutzprogramm der Landesjustizverwaltung. Sie hält sich inzwischen in einer geheimen Wohnung auf. Selbst ich weiß nicht mal, wo sie steckt. Diese beiden Polizisten, die uns vorhin durch den Ausgang begleitet haben, haben sie draußen an zwei Agenten übergeben, die alles managen. Über sie halte ich Kontakt zu ihr, telefonisch, und, wenns nötig ist, auch persönlich.«

»Mein Gott, das ist ja wie ein echter Krimi«, sagte Naomi, und fast schien es so, als fände sie so langsam Geschmack an der Geschichte.

»Aber eins versteh ich nicht«, wandte ich ein. »Wenn sie jetzt in Sicherheit ist, hätte sie doch ihre Aussage wie geplant machen können.«

»Das stimmt schon. Andererseits wäre sie jetzt tot, wenn gestern nachmittag alles planmäßig gelaufen wäre. Außerdem sind ihre Aussagen derart gravierend und belastend für Hermsdorf, daß das Gericht kaum um eine Verurteilung herumkommen dürfte. Und sie sind im hohen Maße glaubhaft, schließlich hat Hermsdorf sich die Frau seinerzeit persönlich gefügig gemacht. Die hat schon einen Haß auf den, das kann ich euch sagen. Deshalb bin ich auch sicher, daß sie irgendwann aussagen wird.«

»Wenn sie doch diese Aussagen schon gemacht hat, warum muß sie dann überhaupt noch vor Gericht?« fragte sich Naomi.

»Naja, eigentlich haben Sie recht, Frau Beilstein. Aber so ist nun mal die deutsche Strafprozeßordnung. Schriftliche Aussagen zählen da nicht sonderlich viel, außerdem muß die Frau natürlich auch vereidigt werden.«

Wir schlürften nachdenklich an unseren Getränken.

»Walter, hast du denn eine Vorstellung, wer diese Frau, die Brasilianerin, umgebracht haben könnte?«

»Ein Vorstellung? Du bist aber lustig. Das war ganz klar ein Auftragsmord. Der Hermsdorf ist seit über 15 Jahren im Geschäft. Der hat genug Stroh- und Hintermänner, die das für ihn regeln. Ihm selbst wird man das bestimmt nie anhängen können., er sitzt ja in U-Haft. Nur, diesmal hat es nicht ganz geklappt. Da ist eine Kleinigkeit schief gegangen. Wäre sicher höchst interessant, das zu ermitteln. Ist leider nicht mein Job.«

»Aber der Job der Staatsanwaltschaft, oder nicht?«

»Ja, klar doch. Der Breitkreuz will den Fall mitübernehmen. Er ist ein guter Mann, kniet sich mächtig da rein, wirklich kein leichter Job. Er hat sofort eine Mordkommission aufstellen lassen.«

»Wenn ich mir das so recht überlege, wundert es mich schon ein wenig, daß die Frau im Wald umgebracht worden ist und nicht direkt an ihrem Arbeitsplatz. Dem Auftraggeber kam es doch wohl nur darauf an, sie zum Schweigen zu bringen, egal wie und wo, oder?« Naomi schien ihre kriminalistischen Fähigkeiten auszutesten.

»Richtig, Frau Beilstein. Das ist mir selbst auch schleierhaft, wäre wirklich nicht nötig gewesen, die Frau auch noch zu verschleppen. Oder wenn schon, dann hätte man sie ganz verschwinden lassen müssen. Wie schon gesagt, ich vermute, daß da einiges schief gelaufen ist. Hermsdorf jedenfalls wird seinen Kopf damit nicht aus der Schlinge bekommen. Ich kriege Maria dazu auszusagen. Alles wird von den Garantien abhängen, die ihr der Staat anbieten wird. Es ist ganz klar, daß sie sich irgendwo eine neue Existenz aufbauen muß. Aber das kann ja auch eine Chance für sie sein.«

Ich mußte zugeben, ich wollte nicht in der Haut von Walter Zimmer stecken. Er sollte eine Zeugin zu einer belastenden Aussage bringen, die sich in akuter Lebensgefahr befand. Und er selbst? War er etwa nicht gefährdet? Ich jedenfalls hätte mich in seiner Rolle höchst unwohl gefühlt.

»Na, das ist mein Job, Leute«, entgegnete er nur auf meinen Einwand hin. »Übrigens, was würde das bringen, mich zu töten? Dann übernähme ein anderer Anwalt den Fall, das ist doch ganz einfach. Juristen gibt's doch wie Sand am Meer. Nein, die machen das schon richtig. Sie gehen an die Zeugin ran, an die Quelle. Aber ich kann nur hoffen, daß die jetzt wirklich in Sicherheit ist. Dem Breitkreuz geb' ich da einen Vertrauensvorschuß. Nur, allzulange darf die Sache nicht andauern, sonst wird die Frau verrückt. Sie lebt ja quasi in Hausarrest.«

Als Anwalt Zimmer sich von uns verabschiedete, weil er zu einem 11-Uhr-Termin aufs Amtsgericht losziehen mußte, bestellten Naomi und ich endlich das große Mephisto-Frühstück, auf das wir uns schon geeinigt hatten, als wir die Tageskarte des Lokals hatten aushängen sehen. Mensch, hatte ich jetzt vielleicht einen Kohldampf! Und Naomi erst! Ich küßte ihr als ›Aperitiv‹ die Cappuccino-Sahne weg, die den Rand ihrer Oberlippe weißgezeichnet hatte und erhielt als Zugabe eine Kostprobe ihrer warmen, feuchten Zungenspitze, eine Sekundenangelegenheit, ein Blitz, der sich unweigerlich in der Tiefe ... tief unter der Gürtellinie niederschlug.

3. Eingeständnis

Naomi fuhr vom Mephisto aus mit einem Stadtbus an die Uni, ich dagegen ging zurück zum Landgericht, holte mein Rad und machte mich auf den Heimweg. Ich traf meinen Vermieter beim Mittagsnickerchen draußen auf der Couch an und nutzte die Gelegenheit, unbemerkt an ihm vorbeizuhuschen. In der Küche stellte ich fest, daß ich dringend einen Einkaufszettel schreiben müßte. Der Kühlschrank war gähnend leer. In dieser Hinsicht hatte sich in den vergangenen zwei Monaten meiner Beziehung zu Naomi noch erschreckend wenig getan. Ich war noch immer der vergammelte ›Junggeselle‹ wie eh und je, lediglich unterbrochen von den längst historischen drei lausigen Ehejahren. Dann ein Blick ins Arbeitszimmer: der Anrufbeantworter blinkte ohne Unterlaß. Die Geilheit auf die abgespeicherten Informationen triumphierte mal wieder über die Anforderungen einer geregelten Vorratswirtschaft. Zehn Anrufe in gerade mal vier Stunden! Ich machte mir ein paar Notizen, sortierte dabei gleich Unwichtiges aus, ein Anruf meines Vaters zum Beispiel, der mich zum Rasenmähen ins Konzer Tälchen einladen wollte. Dennoch blieben unterm Strich fünf Kontakte, die ich schnellstens zurückrufen sollte. Zuerst versuchte ich es bei Klaus Singer, dem Politologiestudenten, der bei unserer Zeitung als Fotograf, aber auch redaktionell mitarbeitete. Er hatte offenbar vom AZ-Büro aus angerufen und mir mitgeteilt, daß ein Bullenfax eingegangen war. Ich erwischte ihn noch im Büro, er war auf dem Sprung zur Uni.

»Danke für den Anruf, Klaus. Aber das steht ja schon alles im Volksfreund. Das ist doch die Information von gestern abend. Inzwischen bin ich schon ein gutes Stück schlauer.«

Es war der Polizeibericht über den Mordfall Pereira, trotzdem ließ ich ihn mir nach Hause durchfaxen. Alles weitere würden wir auf der Redaktionssitzung am morgigen Freitag besprechen. Wir hatten ja noch ein paar Tage Zeit mit der Schlußredaktion für die nächste Ausgabe.

Dann versuchte ich es bei Steinmann, Eduard Steinmann, dem 72jährigen Altaktivisten der Moselstadt. Als linker Sozialdemokrat hatte er lange Zeit im Stadtrat gesessen und sich den Namen eines widerborstigen Genossen eingehandelt, der sich schon mal dem Fraktionszwang entzog. Irgendwann hatten sie dann die Nase voll von ihm und kegelten ihn raus aus ihrem Club. Inzwischen war er längst auch von seinem Hauptamt als Leiter des Seniorenbüros entbunden, und er genoß seine Pension in einer wirklich duften Hütte draußen im Grünen, unweit der Stadt. Um sich weiter ins aktuelle Geschehen einzubringen, hatte er vor einigen Jahren einen eigenen Verein gegründet, den sogenannten Verein für die Unterstützung behördengeschädigter Mitbürger, VUM e. V., der nicht nur auf Anhieb gemeinnützig wurde, sondern auch gemeingefährlich, indem er eine ganze Reihe von kleineren und größeren Behördenschlampereien in der Stadt der ausgeprägten sommerlichen Smogglocke aufdeckte und öffentlich anprangerte. Kurz und gut, Eduard Steinmann war ein Mann, der sich Zeit seines Lebens der Gerechtigkeit verschrieben hatte. Deshalb auch sein spezifisches Interesse an der Rotlichtaffäre Hermsdorf, die sich so allmählich zu einem ausgewachsenen Skandal zu entwickeln schien.

»Stell dir vor, Matz, diese Verbrecher haben doch einfach diese arme Frau umgebracht. Ist das nicht eine Ungeheuerlichkeit? Nur weil die vor Gericht aussagen wollte?«

Ich klärte Steimann auf, daß die Ermordete gar nichts mit der Sache zu tun hatte.

»Das ist ja noch unglaublicher! Was ist das alles nur für ein Sumpf!«

Ich gab ihm recht, merkte aber zugleich, daß ich von ihm im Augenblick nichts Neues erfahren konnte. Mein Versuch, das Gespräch rasch über die Bühne zu bringen, kostete mich die Zusage, an der Kundgebung heute abend auf dem Hauptmarkt teilzunehmen, zu der Steimanns VUM sowie der Frauenverein der Stadt zwischenzeitlich am Mobilisieren waren. Herta Müller, die Vorsitzende dieses Vereins, hatte es mir ja selbst auf Band mitgeteilt. Sie stand als nächste auf meiner Liste, doch sie hatte nur den Anrufbeantworter eingeschaltet. Sicherlich war sie längst auf Achse, um alles Notwendige für später zu organisieren. Sie war ja ein echter Wirbelwind, bekennende Lesbe, sah für Anfang vierzig gar nicht mal übel aus.

Ich schenkte mir die beiden restlichen Nummern, die ich mir noch notiert hatte und wählte stattdessen die Kripo an. Ich wollte wissen, was es gab in Sachen Täterprofil. Tatsächlich, welch ein Wunder, ich wurde mit der Pressesprecherin, Frau Dr. Schmitt, verbunden.

»Nein, noch keine Verhaftung, Herr Mendgen. Aber die Fahndung läuft auf Hochtouren.«

»Gibts schon Ergebnisse der Obduktion?«

Es entstand eine kurze Kunstpause.

»Frau Pereira ist durch sieben Messerstiche verwundet worden, davon drei tödliche, einer in den linken Lungenflügel, zwei ins Herz.«

»Gibt es Hinweise auf Kampfspuren, Würgemale, oder sonst etwas Besonderes?«

»Nein. Die Frau ist ganz offensichtlich ohne jede Gegenwehr erstochen worden. Wir konnten die Tatwaffe sicherstellen, ein Messer mit feststehender Klinge wie es fast nur in Metzgereien benutzt wird. Es lag wenig unterhalb des Leichenfundorts mitten im Bach.«

»Wie siehts aus mit Indizien für einen Raubmord oder einen Sexualmord?«

»Nichts von beidem. Sie war vollkommen angekleidet und hatte 600 Mark in bar bei sich, Spermaspuren wurden keine gefunden.«

Einerseits seltsam und andererseits doch logisch, daß an der Frau trotz ihrer unbestreitbaren Tätigkeit im Gewerbe keinerlei Spermarückstände gefunden wurden. Seit AIDS setzten offenbar auch die waghalsigsten Freier auf Gummi, oder sie hatte eben diese Typen prinzipiell abgelehnt. Eigentlich wußte ich genug fürs erste. Doch dann fiel mir noch ein Frage ein.

»Ist der Leichenfundort identisch mit dem Tatort?«

»Nach den bisherigen Ermittlungen kann ich diese Frage eindeutig bejahen, Herr Mendgen.«

»Vielen Dank für Ihre Auskünfte, Frau Schmitt.«

Jasmine Pereira mußte ganz offensichtlich Vertrauen zu ihrem Mörder gehabt haben, wenn sie sich auf einen Waldspaziergang außerhalb des Stadtbereichs mit ihm einließ. Daß sie ihm dort zufällig begegnet sein könnte, war wohl auszuschließen. Sie müssen sich gekannt haben, das Opfer und der Täter. Ist ja oft so, nicht nur im Milieu. Könnte es gar eine Frau gewesen sein? Eine Konkurrentin im ständig härter werdenden Geschäft? Schon möglich. Aber die hätte sich doch zumindest die 600 Mark nicht entgehen lassen. Nein, dem Täter oder der Täterin ging es nicht ums Geld, zumindest nicht vordergründig. Walter Zimmers Theorie von einer Verwechslung erschien mir immer plausibler. Der hatte schließlich Erfahrung in solchen Dingen. Ein Glück, daß er seine Mandantin gestern noch rechtzeitig aus dem Verkehr ziehen konnte.

»Matz, Matz! Komm mal runner. Ich muß dir wat sagen! Komm, Matz!«

Wie konnte der Alte überhaupt wissen, daß ich hier oben war? Merkwürdige Dinge passieren manchmal ...

Also was solls, ich ging runter ins Wohnzimmer meines Vermieters. Fritz Erdmann erzählte mir seine Geschichte, eine wahre Beichte! Und ich muß zugeben, ich war ganz schön von den Socken, nachdem ich sie mir zu Ende angehört hatte. Er hatte sie heute früh sofort erkannt, sein Jasminchen, ›mein Minchen‹, wie er sie nannte.

»Guck dir doch mal dat Foto an, die Arme! Einfach totgemacht haben die die. Wat hat die denen denn getan?«

Erdmann behauptete stur und steif, er sei Stammkunde der Brasilianerin gewesen, mindestens zwei- bis dreimal die Woche habe er die junge Frau aus Porto Alegre in der Zeit besucht, die sie in Trier war.

»Sie hat mich immer gut bedient, Matz. Alles wat recht is. Ich konnt mich über nichts beklagen. Sie hat mir sogar eine Salbe gegeben, als ich den Sonnenbrand da unten hatte, du weißt doch noch, neulich, vor zwei Wochen ungefähr, als ich in der Sonne eingeschlafen war. Nein, so ein Leid! So ein Bedauerlichkeit!«

Sollte er mir jetzt wirklich leid tun, der Alte? Ja, natürlich, ohne jede Einschränkung. Seit fünf Jahren ohne Frau – ich konnte seine Not gut nachempfinden – da hatte er natürlich drunter gelitten, einer wie er, dessen Sexualtrieb bis ins hohe Alter intakt geblieben war. Aber mir wäre im Traum nicht eingefallen, daß dieser alte Pitter Stammgast da drunten wäre, in der Luxemburger Straße, kaum drei Häuserblocks von hier entfernt. Aber was solls! Diese neue Erkenntnis machte ihn mir noch eine Scharte sympathischer. Wenigstens wußte ich jetzt, wo meine Miete hinging und was ihn immer so müde machte, daß er so häufig da draußen in seiner Laube einschlief.

»Aus und vorbei«, rief er und schien in einen Weinkrampf verfallen zu wollen. Im selben Moment hörte ich durchs halb offen stehende Fenster einen hellen Summton dringen.

»Einen Moment, Fritz, still! Da tut sich was, da draußen.«

Das Gesumme wurde lauter und höher, ich weitete die Fensteröffnung zum Garten hin und da sah ich die Quelle des ansteigenden Geräuschs. Es war nicht das erste Mal, daß ich Zeuge dieses Spektakels wurde, doch es war jedesmal beeindruckend. Eine Wolke von Bienen sauste da herum.

»Ein Schwarm, Matz! Ein Schwarm! Los, raus, Matz, die Spritze! Wir müssen sie abfangen. Die Spritze, hol die Spritze mit!«

Die Spritze stand zwar auf der Veranda, aber es war kein Wasser darin und der Verschluß klemmte. Ich hastete ins Haus und holte eine volle Sprudelflasche, schüttelte sie kräftig. Als ich wieder draußen war, fuchtelte Erdmann mit den Händen in der Luft herum, so als wolle er die irren Bewegungen des Bienenschwarms nachahmen. Ich trat hinaus auf die kleine Wildwiese in seinem Garten, die ich erst vor zwei Tagen mit der Sense gemäht hatte.

»Los, los, gib's ihm!« trieb er mich an. Die Bienen schwirrten jetzt wie eine oszillierende Wolke wenige Meter über uns hin und her. Noch ehe ich mit der Wasserflasche zielen konnte, triftete die Wolke in Richtung des jungen Kirschbaums in der Ecke des Grundstücks ab. Ich ließ das Wasser durch die Luft zischen, merkte aber, daß ich eigentlich zu spät dran war. Das Wasser verpuffte im Nichts. Erdmann gab mir ein Handzeichen, ich sollte aufhören damit. Er hatte bemerkt, daß sich die Bienen nach und nach an einem Zweig des Kirschbaums sammelten, die Wolke hellte sich im Nu auf, das Gesumme reduzierte sich deutlich, eine dunkle

Traube aus Honigbienen wurde an dem Obstbäumchen erkennbar.

»Prima, die haben wir!« jubilierte Erdmann, und er schien den Tod von Minchen für den Augenblick verdrängt zu haben.

»Super!« rief ich aus. »Die hängen ja optimal zum Einschlagen.«

Es war der erste Schwarm für diesen Sommer. Fritz Erdmann, seit Jahrzehnten Imker – eines seiner zahlreichen Hobbys, ein weiteres hatte ich ja eben erst erfahren – hielt seit einigen Jahren nur noch zwei Völker in seinem Hausgarten, für den Eigenbedarf, wie er sagte. Dabei hatte ich den Mann Zeit meines Aufenthaltes in seinem Haus nie Honig essen sehen, den meisten verschenkte er wohl, und ich wußte es zu schätzen. Die Imkerei war wohl mehr eine Angewohnheit, von der er sich nicht trennen wollte und konnte. Er mußte etwas Lebendiges um sich haben, wie andere Leute Hunde und Katzen oder Karnickel.

»Schön, Matz, dat du so gut aufgepaßt has!«

Ich war mir zwar keines besonderen Verdienstes bewußt, nahm das Kompliment aber dennoch gerne an.

»In einer halben Stunde holen wir sie«, sagte er.

Ich begleitete ihn zurück ins Haus, um ihn bei der Vorbereitung des Fangkastens zu unterstützen. Ich hatte mir in den fünf Jahren so einiges Wissen, wenn nicht über Bienenzucht, so doch über Bienenhaltung angeeignet. Ich hatte gelernt, daß Bienen oft wie Menschen reagieren, daß sie wetterfühlig sind und daß sie verdammt sauer werden, wenn man ihnen den Honig unterm Hintern wegschleudert – ich zahlte unsere Raubzüge mit so manchem Stich, anfangs durchaus zum Pläsir meines Bienenvaters. Aber inzwischen kannte ich die Tücken des Geschäfts, ich wußte, wie man unnötige Stiche vermeiden konnte. Also würden wir heute ein neues Volk ansetzen, einen leeren Kasten, der auch ›Beute‹ genannt wird (was ja irgendwie den Kern der Sache aus menschlicher Sicht treffend beschreibt), hatte Erdmann noch in Reserve, für alle Fälle.

Erdmann und seine diversen Bienen hatten mich gut zwei Stunden aufgehalten. Als ich eben wieder zurück in meiner Bude war, hörte ich Naomis Stimme von unten. Sie sprach mit Erdmann über den Schwarm. Das war ja was Neues für sie! Ich eilte runter, wir fielen uns in die Arme. Ich fand es prima, daß sie wieder im Haus war, wo sie doch heute normalerweise zu ihren Eltern nach Kues gefahren wäre.

»Soll ich euch was sagen?« spannte sie uns mit funkelnden Augen auf die Folter.

»Ich habe sie gesehen, die Tote, im Brüderkrankenhaus, unten im Keller. Sie war eine sehr hübsche Frau.«

Ich mußte mich erst mal setzen, mir stockte der Atem. Ich bemerkte, wie Erdmann erst leise in sich hineinflennte, bevor er schließlich hemmungslos weinte.

Naomi konnte nichts ahnen von Erdmanns Beziehung zu der Toten. Es dauerte einige Minuten, bis er sich wieder gefangen hatte. Wir trösteten ihn, so gut es ging. Dann machten wir uns ab nach oben. Die nächsten zwei Stunden war wieder nicht ans Recherchieren zu denken. Ich stellte den Anrufbeantworter an und schloß die Wohnungstür ab. Bevor wir uns ins abgedunkelte Schlafzimmer zurückzogen, fragte ich Naomi, wie sie überhaupt da reingekommen sei, in die Pathologie bei den Brüdern. Das war ja schließlich kein öffentliches Leichenschauhaus.

»Ganz einfach, Matz, ich habe mich als die Schwester der Toten ausgegeben. Das funktionierte problemlos. Sie haben mir sogar ihr Beileid ausgesprochen.«

4. Der Flop

Es ging gegen fünf Uhr, als ich tropfnaß aus der Dusche trat. In einer Stunde würde die Kundgebung des Frauenvereins am Hauptmarkt beginnen. Es hatte keinen Zweck, einen neuerlichen Anrufversuch bei Herta Müller zu machen. Halb angekleidet wählte ich die Nummer von Pater Ternes, des »Roten Peter«, wie er in der Szene genannt wurde, weil er als einziger katholischer Priester der Stadt bekennender Sozialdemokrat war. Und in der Partei war er ähnlich unbequem wie Genosse Eduard Steinmann. Ternes war zehn Jahre jünger als dieser und bekleidete noch das Amt eines Religionslehrers am HGT, war also ein Kollege. Wahrscheinlich würde er heute abend auf der Kundgebung wieder eine flammende Rede halten gegen die in der Stadt herrschende Doppelmoral – eines seiner Lieblingsthemen. Damit trat er vielen wichtigen Leuten und solchen, die sich dafür hielten, immer wieder kräftig auf die Füße. Es brachte ihm eine Menge Ärger ein, aber das war ihm egal.

»Eine Sauerei ist das, Matz. An diesem Mord tragen unsere Stadtväter eine gehörige Portion Schuld, das sag ich dir. Und das werd ich denen heute abend um die Ohren schlagen, ob sies hören wollen oder nicht. Die sollen mal ruhig ein paar unruhige Nächte verbringen, das kann ich mit meinem Gewissen verantworten, auch wenn ich Pazifist bin.«

Er war richtig gut drauf – ich hatte es nicht anders erwartet, so kannte ich ihn seit vielen Jahren. So einer wie ihn brauchte Trier genauso dringend, wie einen Guildo Horn oder einen Helmut Leyendecker, die Boulevardstars der 90er. Denn Trier gab sich gerne den Anschein einer unschuldigen Stadt, die kein Wässerchen trüben könnte. Doch wer sich die Mosel von der Mitte der Römerbrücke aus betrachtete, der wußte, daß dies eine Täuschung war.

Naomi bürstete ihr Haar, oder besser, sie ordnete ihre tausend schwarzen Flechten, die ihr vom Kopf herabtropften, sie war splitternackt. Obwohl ich vorhin noch mit ihr geschlafen hatte, rührte sich das Teil da unten schon wieder, als ich im Gegenlicht des Schlafzimmerfensters von der Bettkante aus still ihre Rückenpartie betrachtete. Am liebsten wäre ich sofort wieder mit ihr ins Bett gegangen. Sie sah Klasse aus, wie gemalt. Als sie bemerkte, daß ich sie schweigend anhimmelte, wandte sie sich um und tat ganz erstaunt.

»Was ist los mit dir, Matz? Willst du dich nicht fertig machen, wir müssen doch gleich weg, oder nicht?«

»Weißt du was, Naomi, am liebsten würde ich hier bleiben und mich den Rest des Tages und die ganze Nacht an dich kuscheln. Echt.«

»Ihr Männer seid alle gleich, richtige Kindsköpfe«, lachte sie. Dann tanzte sie ein paar Schritte Hiphop und ich glotze gebannt auf ihre im Takt wippenden Brüste. Mensch, dachte ich, hab ich ein Glück! Ich hatte längst jeden Gedanken verdrängt, daß wir uns irgendwann einmal trennen könnten. Allein, wenn ich daran dachte, daß sie im kommenden August für drei Monate zum Praktikum nach Kamerun fliegen würde, wurde mir ganz schummrig vor den Augen. Ich hatte längst meine eigenen Urlaubspläne für diesen Somme ad acta geworfen und Naomi fest versprochen, sie mindestens vier Wochen lang zu begleiten. Sie fand das super. Ich wußte gar nicht, wo ich plötzlich die Courage dafür hergenommen hatte, es war ein Spontanentschluß gewesen. Ich war noch nie in Afrika gewesen. Und jetzt waren es keine sechs Wochen mehr bis zum Abflug ...

Punkt sechs ketteten wir unsere Räder in der Hortenpassage aneinander und gingen Arm in Arm das kurze Stück bis zum Hauptmarkt vor. Die Sonne knallte noch voll auf den steinernen Platz, nur im Bereich der Marktstände war

Schatten zu finden. Da nur wenig Besucher den Platz bevölkerten, fiel uns die Frauengruppe unweit des Petrusbrunnes gleich ins Auge. Herta Müller erkannte ich an ihrem nackenlangen, hennaroten Haar und ihrem lila T-Shirt mit der Frauenfaust, die draufgedruckt war. Sie fuchtelte mit dem Magaphon herum, bis dies ein paar Töne von sich gab. Inzwischen hatten wir Eduard Steinmann und Pater Ternes erreicht, die ein kleines Stück abseits standen. Ich stellte ihnen Naomi vor.

»Wir reden gerade über diese Skandalgeschichte«, sagte Steinmann. »Wißt ihr, als der Puff in den 70er Jahren eröffnet wurde, da war ich ja noch selbst im Stadtrat. Also, das war von Anfang an ein faules Ei. Der halbe Stadtrat hatte damals Freikarten zum Bumsen bekommen, sonst wäre der Beschluß gar nicht so glatt über die Bühne gegangen ...«

»Du etwa auch, Eduard?« unterbrach ich ihn.

»Ich? Ich habe erst Jahre später von diesen Tricks erfahren. Mich hat man für dumm verkauft. Ich war denen nicht ganz geheuer. Mich trauten sie nicht zu schmieren. Es hat ja auch so gereicht.«

Da die Kundgebung noch nicht anfing, blieben wir noch ein paar Minuten abseits stehen, nur Pater Ternes ging rüber zu den Frauen, um die Abfolge der Redebeiträge zu besprechen.

»War dieser Hermsdorf von Beginn an der Besitzer des Eros-Centers?« erkundigte ich mich. Ich hatte an diese Trierer Zeit nicht viele Erinnerung, da ich damals in Köln studierte.

»Nein, der war damals noch ein ganz junger Spritzer, ihm gehörte eine Kneipe in der Karl-Marx-Straße. Irgend son billiger Barpuff. Aber die Sache schien ihm früh in der Nase gesteckt zu haben. Als nämlich der Laden in der Luxemburger Straße rund fünf Jahre am Laufen war, steckte der

Hermsdorf plötzlich da drin, drei Millionen in bar soll er hingeblättert haben. Niemand konnte das glauben in der Stadt, hatte er doch gerade ein halbes Jahr vorher eine blitzsaubere Pleite hingelegt mit seiner Kneipe.«

»Vielleicht hatte er gerade ein gutes Erbstück angetreten«, spekulierte Naomi.

»Der Hermsdorf? Nein, der war noch cleverer. Der hat keine einzige eigene Mark da reingesteckt. Dort sind nur illegale Gelder reingeflossen, versteht ihr? Die Familie Hermsdorf, der Name Hermsdorf, hatte einen guten Leumund in Trier. Und dieser Günter Hermsdorf, dieser Schwerverbrecher, der hatte damals den genialen Dreh raus, Schwarzgelder der Trierer Bürgerschaft, von Händlern, Ärzten, Anwälten, kleinen Unternehmern und so weiter zu sammeln, sie bar nach Luxemburg zu transportieren – längst, bevor das in Mode geworden war – das Geld dort zu einem Fonds zu bündeln und es auf diese Art reinzuwaschen, um es in Deutschland reinvestieren zu können. Mit dem Fondsvermögen hat er sich dann den Puff gekauft.«

»Genial! ... Aber ihm gehört der Betrieb damit doch nicht?« wunderte ich mich.

»Natürlich gehört ihm der Laden längst ganz allein. Der scheffelt da Millionen! Die gewaschenen Schwarzgelder, die er als Kredit genommen hat, sind längst alle zurückgezahlt. Die sind wieder in den legalen Geldkreislauf geschleust worden. Ich sage euch, das ist ein Obergauner, dieser Hermsdorf. Und ihr werdet sehen, dem passiert nicht viel in diesem Prozeß. – Übrigens, Matz, erzähl mal was von der Verhandlung. Du bist doch heute dort gewesen?«

Ich winkte kopfschüttelnd ab.

»Kannste glatt vergessen, ein Witz war das.«

Herta Müllers Megaphonstimme signalisierte uns, daß es losging mit der Kundgebung. Wir wandten uns ihr zu und staunten Bauklötze, denn was sich in den letzten Minuten in der Frauengruppe getan hatte, war nicht vorhersehbar gewesen. Die hatten sich ja fast nackt ausgezogen, einige standen im Bikini da, andere in knappen Shorts oder Hot pants, wie in den 70ern.

»Sehr geehrte Damen und Herren, wir bitten Sie, uns einen Augenblick Ihre Aufmerksamkeit zu schenken ...«

Während Herta Müller ihre Ansprache hielt, schwärmten etwa ein Dutzend ihrer leicht bekleideten Kolleginnen aus und mischten sich unters (männliche) Publikum. Es sah gut aus, wie sie sich an die vorbeigehenden Männer der verschiedensten Alterklassen heranmachten, wie sie ihre Hosenschlitze begrapschten und sie in provokanten Paarungsbewegungen bestürmten. Klar, die wollten Aufmerksamkeit erregen, die Leute für die Sache sensibilisieren. Die Idee war Spitze, dennoch fand Herta Müller kaum Publikum für ihre Worte.

Interessierte das Thema die Leute nicht? Der internationale Frauenhandel, die tagtägliche Gewalt gegen diese, im Jargon als ›Frischfleisch‹ gehandelten Menschen? Was konnte man tun, um die Öffentlichkeit für eine Kampagne gegen diese Abart menschlichen Denkens und Handelns zu gewinnen, wenn nicht einmal der Mord an der Brasilianerin die Leute aus ihrer Lethargie aufschrecken ließ? Nur eine Hure! Bleibt uns doch damit von der Pelle! Auch Pater Ternes redete für den Wind. Seine Andeutungen über die krummen Touren der Trierer Behörden, die den Skandal und das Verbrechen erst möglich gemacht hätten, verfolgten allenfalls zwei Dutzend Menschen. Die Veranstaltung war ein Flop. Einzig die Aktion der auf Huren gestylten Frauen des Vereins mochte den einen oder anderen Bürger nachdenklich stimmen. Aber die meisten Männer hätten nur gelacht, einige hätten sich sogar gerne anmachen lassen und reagierten mit schmierigen Witzen, berichteten die genervten Aktivistinnen hinterher. Nach einer Stunde hatten sie ihre Aktion beendet.

»Wenn ich heute Nacht bei dir bleiben soll, müssen wir noch etwas einkaufen«, erinnerte mich Naomi dezent an einige Defizite in meinem Haushalt. Doch ich wollte noch mit Steinmann und Ternes sprechen, wie ich es vorher mit ihnen vereinbart hatte.

»Okay, Matz. Dieses eine Mal machen wir eine Ausnahme. Ich kaufe ein, fahre zu dir und koche uns etwas. Wirst du bis neun Uhr zurück sein?«

»Ach, du bist ein Schatz, Naomi. Ich schwöre es dir, ich werde mich bei nächster Gelegenheit revanchieren. Ich bin um neun Uhr zuhause, auf alle Fälle.«

Wir trennten uns und ich gesellte mich zu Steinmann, Ternes und den Frauen. Zusammen verzogen wir uns ins Cafe Dietrich. Die Damen hatten wieder ihre normal Kleidung angelegt, die Stimmung war gedämpft.

»Ich habe den Eindruck, Gewalt gegen Frauen ist immer noch kein Thema für diese ach so fortschrittliche, ach so humane Gesellschaft«, schimpfte Herta Müller, nachdem wir uns alle um einige zusammengerückte Tische versammelt hatten.

Wir sprachen ein gute Weile über die angesprochene Schande. Dann war ich dran, mußte alles Wesentliche über die Gerichtsverhandlung von heute vormittag berichten. Ich schloß das Ganze mit der Prognose von Walter Zimmer, daß die Ghanaerin demnächst doch ihre Aussage machen würde.

»Also, eins sage ich euch, wenn diese Frau auch eines Tages tot aufgefunden wird, dann passiert hier was in der Stadt, dann garantiere ich für nichts mehr«, drohte Herta Müller daraufhin.

Gerne hätte ich von Steinmann noch einiges erfahren über die Verquickungen der öffentlichen Institutionen mit dem Rotlichtgeflecht, aber es war für mich unmöglich, in dieser Runde mit Steinmann oder Ternes in ein vertrauliches Gespräch zu kommen. Gegen halb neun machte ich mich auf die Socken, ich hatte den Unterricht für den nächsten Tag vorzubereiten, außerdem hatte ich Naomi versprochen, pünktlich zu sein. Und dieses Versprechen wollte ich nicht ohne Not brechen. Wir vereinbarten, weiter im Gespräch zu bleiben, dann war ich weg.

Wir aßen auf dem Balkon zu Abend. Erdmann saß unten vorm Fernsehn. Ich mußte darauf achten, daß ich einen Mindestabstand zu ihm wahrte. Seit Naomi gelegentlich im Haus übernachtete, waren die Grenzen zwischen unseren Haushalten bedenklich ins Schwimmen geraten.

»Dein Essen schmeckt super, Schatz«, lobte ich sie. Es gab Beinwellküchlis mit Tsatziki, extra scharf. Naomi war eine Zauberin. Wenn ich alleine war, ernährte ich mich abends von belegten Broten, mittags ging ich meistens warm essen in den Hildegarten, vegetarisch. Das Junggesellendasein hat auch seine Annehmlichkeiten.

»Das war ja ein ziemlicher Flop, diese Demo«, sagte Naomi.

»Ja, du hast recht. Und das Nachtreffen im ›Dietrich‹ hat auch nicht viel gebracht. Mich würde ja brennend interessieren, ob die Dunkelmänner des Hermsdorf, die für ihn die Drecksarbeit machen, tatsächlich aus dem Bereich der Stadtverwaltung kommen, wie es Steinmann unverfroren behauptet.«

Ich nahm einen kräftigen Schluck von meinem Schwarzbier, Naomi entsorgte einen halbtrockenen Moselriesling aus meinen kargen Weinbeständen.

»Matz, du hast mir noch gar nicht gesagt, ob ich diese Nacht hier bleiben darf.«

»Was für eine Frage, Naomi.«

Wir mußten beide tierisch lachen. Ich ahnte schon, daß ich mir die Vorbereitung des morgigen Schulunterrichts abschminken konnte. Die Alternative dazu war einfach zu attraktiv.

»Morgen nachmittag fahre ich nach Hause, Matz. Ich brauche frische Wäsche. Außerdem hat mein Onkel Geburtstag, ich bin eingeladen, mit Begleitung. Was hältst du davon?«

Ich fand es bemerkenswert, mit welcher Selbstverständlichkeit Naomi von ihren Verwandten an der Mosel sprach, sie war wirklich voll integriert in diese Familie Beilstein, sie war eine echte Moselanerin, auch wenn ich mich immer noch schwer damit tat, dies anzunehmen.

»Am Samstag nachmittag bin ich wieder bei dir, Matz. Ich leite eine Exkursion durch das Naturschutzgebiet Gillenbach. Du bist natürlich eingeladen. Ich rechne mit dir, mein Schatz.«

»Geht das von eurem Verein aus, Stadt-Land-Fluss, oder so ähnlich?«

»Genau, Stadt-Land-Fluß-Erlebnisexkursionen e. V. Und? Bist du dabei?«

Ich war einverstanden damit. Den Termin beim Onkel sagte ich allerdings lieber ab, ich mußte noch etwas für die Zeitung tun. Nächste Woche war Redaktionsschluß, und den Sonntag, meinen üblichen Zeitungstag, hatten wir schon verplant. Der Losheimer See winkte.

»Am Samstag bin ich dabei. Pflanzen interessieren mich immer. Vor allem möchte ich in deiner Nähe sein, wenn du schon hier in Trier bist.«

Außerdem hatte das Wort Gillenbach bei mir eine freudige Erinnerung geweckt. Dort oben, auf der Wiese mitten im Schutzgebiet, zwischen Bocksbartpflanzen und Enzianfransen, hatten wir uns das erste Mal geliebt. Es war Ende Mai gewesen, an Christi Himmelfahrt, ich werde es nie vergessen. Obwohl wir nur gemächlich wanderten, waren wir mächtig ins Schwitzen geraten. Es hatte ein Prickeln in der Luft gelegen, mein Herzschlag war völlig außer Tritt geraten. Wenn Naomi den Arm um mich legte, schien ich abzuheben, zu schweben. So kam es zu der Rast auf der Wiese, das Gras stand hoch, als wir auf dem Boden lagen, sahen wir nur noch den Himmel über uns. Zumindest mir ging es so, bis er sich plötzlich verdunkelte: Naomi kam über mich wie ein Unwetter. Es gab kein Halten mehr. Wir rissen uns hastig die Kleider vom Leib und saugten uns gierig aneinander fest. Ich sah zum erstenmal ihre pechschwarze Schambehaarung, die zu meiner Überraschung nur an den Spitzen gekräuselt war. Ich tauchte hinab in diesen schwarzen Wald und labte mich an den Säften, die bald aus ihm hervorquollen. Noch heute glaube ich nicht, daß diese Wiese jemals zuvor einen vergleichbar orgiastischen Himmelfahrtstag erlebt hatte. Wie gerufen kam am Ende eine warmer Sommerregen über uns, der Körperhitze und Schweißperlen gleichermaßen mit sich nahm. Nie wieder in meinem Leben werde ich eine Einladung ins Gillenbachtal ausschlagen können, zumal, wenn sie von einer so umwerfenden Frau ausgesprochen wird.

5. Der Tip

An diesem Freitag schaffte ich es tatsächlich, so rechtzeitig aus der Falle zu steigen, daß ich mir den Weg zur Bäckerei leisten konnte, zeitlich gesehen. Ich besorgte uns in der Hornstraße warme Croissants und frische Brötchen zum Frühstück. Als ich zurückkam, linste mich Naomi im Hausflur seltsam an, sie hatte sich in ein Badetuch gewickelt, das sie mit einer Hand zusammenhielt, in der anderen schwenkte sie den ›Volksfreund‹.

»Hast du's schon gelesen, Matz, sie haben einen Tatverdächtigen festgenommen.«

Wir gingen in die Küche und ich stürzte mich auf die Zeitung. Auf der Regionalseite war ein Zweispalter über die Festnahme abgedruckt. Klang sehr pressemitteilungsmäßig. Die Polizei hatte gestern abend einen 23jährigen Mann von der Obermosel verhaftet, der unter ›dringendem Tatverdacht‹ stand. Beweismittel wurden keine genannt, auch das Motiv sei ›völlig im Dunkeln‹, wie es wörtlich hieß. Auszuschließen sei aber, daß der Mann dem Milieu angehörte. Na, dann prost! Eine isolierte Außenseitertat?

»Da ist was faul dran, Matz, das ist nicht glaubhaft. Ich sage dir, die haben diesen Kerl nur verhaftet, um einen schnellen Erfolg vorweisen zu können. Das einzige ›Beweismittel‹ ist die Tatsache, daß sein Auto zur vermutlichen Tatzeit in der Nähe des Puffs gesehen worden sei.«

»Merkwürdig ist das schon«, antwortete ich. »Das paßt nicht zusammen, der Mord ist drei Kilometer entfernt passiert, bis dahin ist es fast eine halbe Stunde Fußweg.« Ich winkte ab. »Komm, laß uns frühstücken. Wir sollten uns die vergangene Nacht nicht mit diesen Spekulationen vergällen.«

»Ich bin in fünf Minuten fertig. Für mich bitte Kaffee mit Milch, okay?«

»Okay, Baby.«

Nach dem Frühstück trennten sich unsere Wege. Sie warf sich in ihren Golf und düste ab in Richtung Uni. Morgen um halb vier wollte sie wieder bei mir sein, eine halbe Stunde vor Beginn der Wanderung durchs Gillenbachtal.

Ich mußte mich beeilen, ich hatte heute die ersten vier Stunden am Stück. Würde wohl mal wieder jede Menge Diktate schreiben lassen ...

Als ich gegen Mittag nach Hause kam, saß Erdmann in seinem Schaukelstuhl in der Ecke der Laube, halb verdeckt vom Wilden Wein, und döste vor sich hin.

»Na, wie gehts, Herr Erdmann?«

»Mensch, Matz, sag doch bitte Fritz zu mir!« grantelte er.

In der Tat waren wir seit Jahren per du, aber manchmal hatte ich Rückfälle. Aus Angst, die Distanz zu verlieren? Ich wußte es nicht.

Der Alte schien noch Trauer zu tragen, allein, was ihn mehr rührte – der Tod seiner exotischen Liebesdienerin oder der unnötige Verlust des Bienenschwarms – ich wußte es nicht. Die Bienen waren uns gestern wieder entwischt, weil wir sie einfach vergessen hatten. Ich war oben mit Naomi beschäftigt, und Erdmann hatte unten ein Schläfchen gehalten. Und Bienenschwärme haben nun mal die Eigenart, sich baldmöglichst ein neues Quartier zu verschaffen, wenn ihr Halter es nicht tut.

»Den jungen Vogel da, den se im Kittchen han, der war dat aber net.«

Eine verblüffend klare Analyse des 80jährigen. Ich war inzwischen auch davon überzeugt, daß es sich bei der Polizeiaktion gegen den Obermoselaner um ein reines Spektakel handelte, um die Öffentlichkeit zu besänftigen.

Der Prostituiertenmord hatte die Trierer Polizei an einem wunden Punkt getroffen. Seit der Puff existierte, war kein Jahr vergangen, in dem es keine Gerüchte um die Verstrickung der Blaulichtbeamten in die Rotlichtkulisse gegeben hätte.

Gegen mehrere Beamte waren Strafverfahren wegen Bestechlichkeit oder Begünstigung eingeleitet, die meisten gegen Zahlung eines Bußgeldes zugunsten karitativer Einrichtungen in der Stadt eingestellt worden. Gegen zwei Polizeihauptmeister liefen allerdings noch Prozesse, sie waren zur Zeit vom Dienst suspendiert. Sie sollen mit Freibier geschmiert worden sein, als Gegenleistung für großzügiges Augen-Zudrücken bei diversen Gesetzesverstößen in den verschiedenen Geschäftsbereichen des Eros-Centers. Peanuts im Grunde genommen.

Da klingelte es bei Erdmann, der mobile Essensdienst der AWO stand mit dem Menü an der Tür. Zeit für mich, nach oben zu gehen, ich brauchte eine Dusche. Die ungewöhnliche Junihitze hatte sich inzwischen fest in meiner Wohnung etabliert. Ich ließ die verbliebenen Wassertropfen auf der Haut verdunsten, ein angenehmer Kühleffekt.

Gegen zwei Uhr wählte ich die Nummer der Pressesprecherin des Polizeipräsidiums. Die Frau war noch beim Mittagstisch. Ich versuchte es bei Breitkreuz, dem Oberstaatsanwalt, der das Verfahren federführend leitete. Seine Sekretärin stellte mich durch.

»Leitender Oberstaatsanwalt Breitkreuz, was kann ich für Sie tun, Herr Mendgen?«

Ich wunderte mich über den neuen Titel des Mannes und ließ ihn dies auch merken.

»Ja, Sie haben richtig gehört, Herr Mendgen, ich bin seit gestern oberster Leiter der Trierer Staatsanwaltschaft. Mein Ex-Chef, Herr Rendenbach, ist seit Anfang des Monats in Ruhestand.«

Als ich nach dem neuesten Stand der Ermittlungen fragte, zu Einzelheiten über den Tatverdächtigen, die Umstände seiner Festnahme und so weiter, gab sich Breitkreuz gegen seine sonstige Gepflogenheit sehr zugeknöpft.

»Sie haben sicherlich gestern abend unsere Pressemitteilung erhalten, Herr Mendgen. Zur Zeit gibt es keine Veranlassung für weitere Erklärungen in Richtung Öffentlichkeit.«

»Glauben Sie denn, daß Sie den Täter gefaßt haben?«

»Ich sagte ja bereits, wir haben einen Tatverdächtigen festgenommen. Das ist alles. Der Haftrichter wird das zu prüfen haben, und dann werden wir weitersehen.«

So wie er abblockte hörte sich das nicht nach dringendem Tatverdacht an.

»Wird die Entscheidung noch heute fallen?«

»Tut mir leid, Herr Mendgen, daß ich Sie ans Landgericht verweisen muß. Dort fällt jede weitere Entscheidung in dieser Sache. »

Das wars für's Erste.

Im Landgericht war niemand mehr zu erreichen, zumindest niemand, der mir hätte kompetente Auskunft geben können. Vertröstung auf Montag früh.

Ich ging runter zu Erdmann und brühte uns in seiner Küche einen Kaffee auf. Der alte Mann gefiel mir jetzt viel besser als noch vor einigen Stunden. Er war richtig leutselig.

»Wann kommt denn Nomi wieder?« fragte er mich.

»Naomi heißt sie, Fritz, Na-o-mi! Sie kommt morgen erst wieder. Wir werden zusammen einen Ausflug ins Gillenbachtal machen.«

»Ah, da is et schön. Da bin ich früher mit meinem Clärchen auch viel hingewandert. Hab lange Jahre meine Bienen da oben stehn gehabt, am alten Tierheim. – Aber auf dieses Mädchen mußt du gut aufpassen, Matz. Dat is ja ein richtiget Zuckerstückchen.«

»Ich versuch' mein Bestes, Fritz, versprochen.«

Der Kaffee war durchgelaufen, ich goß uns ein und kippte mir einen kräftigen Schuß Milch dazu, Fritz Erdmann nahm drei gehäufte Löffel Zucker.

»So süß könnt' ich den nicht trinken«, war mein Kommentar dazu.

»Ach wat! Süße Männer brauchen viel Süßet.«

Na, wenigstens verstand er wieder Spaß, und das Lachen hatte er auch nicht verlernt, der alte Fritz. Gerne hätte ich ihn jetzt gefragt, wie er es angestellt hatte, mit der Brasilianerin zu schlafen. Aber ich fand, es war noch zu früh dazu, wenngleich ich mir nur sehr unpräzise Vorstellungen über die Nummern der beiden machen konnte.

»Matz, wenn du wat rausbekommen willst, dann mußte reingehen ins ICE.«

»Was meinst du mit ICE?«

»Die Polizisten, weißt du, die nennen den so, den Puff da unten, ICE heißt der bei denen, und weißt du auch warum? ... Weil da die Post abgeht!«

Jetzt lachten wir gemeinsam.

»Aber was soll das bringen, wer erzählt mir dort etwas?«

Der Alte wurde nun noch lebendiger.

»Ich wollte dir dat gestern nicht erzählen, als deine Freundin dabei war. Aber ich garantier dir, da kannst du echt wat rauskriegen. Die Frauen wissen viel. Unter sich, verstehst du, tuscheln die, wenn niemand dabei ist. In letzter Zeit beobachte ich dat ganz häufig, die stehen zusammen in Grüppchen. Wenn ich komme, werden sie ganz still, mucksmäuschenstill.«

»Wieviel Frauen sind das, die da arbeiten, was schätzt du?«

»Na, wenn alle da sind, bestimmt 50 oder 60, würd ich sagen.«

»Und wie soll ich da recherchieren? Wie stellst du dir das vor? Du sagst doch selbst, die erzählen nichts. Und ich hab es ja erlebt vor Gericht, die Ghanaerin hat die Aussage verweigert. Die gehen doch jetzt kein Risiko mehr ein. Die sind doch nicht lebensmüde.«

Erdmann schien mich nicht verstanden zu haben.

»Ach, Matz. Du brauchst doch nur zu den Schwarzen zu gehen, dat sind nur fünf oder sechs. Da sind zwei drunter, die schon ganz lange dabei sind. Die wissen alles, die kennen sich aus.«

Es lag auf der Hand, daß man die Recherchen dort anstellen mußte, wo die Informationsquellen waren. In der Luxemburger Straße lag die Wahrheit. Aber wie drankommen?

»Meinst du nicht, Fritz, das könnte ein gefährliches Ding werden, wenn ich anfange, dort 'rumzuschnüffeln?«

»Ach, wat. Für dich doch nicht. Dich kennt doch niemand. Du mußt dich nur dumm stellen. Vielleicht erfährst du dann wat. Ein paar Tips, wer die Hintermänner sind. Ich will, dat der Mörder gefunden wird, verstehst du? Der Hund, der mein Minchen totgemacht hat. Weißt du, der muß dafür büßen.«

Erdmann war den Tränen nahe. Ich gab ihm mein Vesprechen, sein Idee aufzugreifen. Ich bewunderte seinen Einsatz und seine Gefühle für die Tote, er mußte sie wirklich gern gehabt haben. Ich schaute auf die Uhr und stellte fest, daß ich noch gut zwei Stunden Zeit hatte bis zum Beginn unserer Redaktionskonferenz im AZ-Büro. Also, warum nicht gleich einen Versuch unternehmen dort unten, im ICE?

»Was meinst du, Fritz, werde ich um diese Zeit schon welche antreffen von den schwarzen Frauen?«

»Jetzt gleich? Ja sicher, klar doch! Es ist gleich vier Uhr, und es ist Freitag, da sind se alle vor Ort, heute gilt's. Freitag ist Heumonat bei denen, da wird die Ernte der Woche eingefahren.«

6. Im Puff

Eine halbe Stunde später stand ich vor dem vergammelt wirkenden Flachbau in der Luxemburger Straße, dem sogenannten ICE. Die großflächige Bemalung zur Straßenfront hin sollte wohl als Lockreiz für die Männer dienen, das Etablissement zu besuchen. Besonders erotisch wirkten die an Bibelmotive erinnernden Malereien aber nicht. Ich überprüfte den korrekten Sitz meiner Hemd- und Hosenknöpfe und ging dann gesetzten Schrittes durch den offenen Windfang in den Innenbereich des Gebäudes. Ich hatte von Erdmann eine vage Beschreibung der Örtlichkeit erhalten, war aber enttäuscht von der kühlen Atmosphäre. In dem quadratisch angeordneten Wandelgang mit etwa 30 mal 30 Meter Seitenlänge, der innen an einen schäbigen Freihof grenzte, waren an dessen Außenflanken die Zimmer der Postituierten aneinandergereiht. Alles war sehr nüchtern gehalten, der rot gefliest Boden war gerade feucht durchgewischt worden, in den Ecken lagen zerdrückte Kippen, die Wandfläche zwischen den Zimmertüren und den Fensterflächen war vor Jahren schmutzig gelb gestrichen worden, aber inzwischen mit zahlreichen Flecken versehen. Das Ganze wirkte alles andere als einladend. Wie man aus so was Millionen machen konnte, wollte mir nicht in den Kopf.

Ein Mann um die 60 tippelte mit verschämtem Blick an mir vorbei, weiter vorne sah ich zwei junge Männer in Diskussionen mit einer Frau verwickelt. Sie schienen Bundeswehruniformen zu tragen. Als ich an den Zimmern vorbeiging, die alle ein quadratisches Fenster zum Gang hin hatten, stellte ich fest, daß höchstens die Hälfte belegt war. Bei fast jedem zweiten Fenster waren die Rolläden unten, was auch immer das zu bedeuten hatte. Aus den geöffneten Fenstern räkelten sich die Frauen, nicht alles hübsche Püppchen, wenngleich ein Großteil von ihnen rein äußerlich sehr attraktiv wirkte. In der Mehrzahl waren es Ausländerinnen, schätzte ich.

»Na, Kleiner, kommst du mal rein?« war die gängigste Anmache.

Ich benötigte einige Zeit, bis ich mich zum erstenmal aufhalten ließ. Es war eine Mulattin mit riesigen Brüsten, die sie aufreizend über den Fenstersims hinausquellen ließ. Nicht eben mein Geschmack, deshalb fühlte ich mich bei ihr sicher, sie mochte Ende 20 sein.

»Ich mache französisch, schön langsam, möchtest du?«

Ich stand ein wenig dumm herum, wußte nicht so recht, wie ich mich verhalten, was ich anworten sollte.

»Hm, ... ich weiß noch nicht. Was kostet es denn?«

»Blasen 70, bumsen mit anfassen 100, französisch 150, eine halbe Stunde 200.«

Also, davon hatte ich maximal die Hälfte verstanden. Sie mußte das gleich gemerkt haben und vereinfachte das Angebot postwendend.

»Komm, schön langsam bumsen, 70 Mark. Ich mache schön für dich.«

»Wie heißt du denn?«

So ziemlich die blödeste Frage in solch einer Situation. Aber ich mußte Zeit gewinnen.

»Esmeralda. Ich mache gut, sehr gut für dich, mein Schatz.«

»Esmeralda ist ein schöner Name. Ich heiße Herbert.«

»Oh, Erbert, ist schöner Name auch.«

»Du kommst aus Afrika?«

»Ich? Nein, ich nix Afrika. Frankreich, ich französisch.« Sie lächelte breit.

Okay, dachte ich, wahrscheinlich aus irgendeiner Überseeprovinz der Franzosen, Neukaledonien, Tahiti oder weiß der Geier, wie die alle heißen.

»Geboren in Guadalupe, Martinique.«

Da ich immer noch blöd dreinglotzte, ergänzte sie: »Karibik, du verstehen?«

Ich fand, daß ich schon zu lange bei ihr stand, sie lebte schließlich nicht allein vom Quatschen mit den Leuten. Ich bekam schon ein schlechtes Gewissen, ich mußte mich so langsam entscheiden.

»Esmeralda, ich möchte nur sprechen mit dir, okay? Ich habe 50 Mark, nix Sex, nur etwas sprechen, verstehst du?«

Sie setzte ihr teuerstes Sonntagsausgehlächeln auf, nickte leicht mit dem Kopf, schloß das Fenster, zog die rote Gardine davor und öffnete die Tür, die direkt neben dem Fenster war. Ich trat ein in den kleinen, schummrig beleuchteten Raum. An einer Wand stand ein einfaches Bett, eine Art Pritsche, zwei mal ein Meter, obenauf lag ein weißes Tuch und zwei kleine Kopfkissen, darunter vermutete ich eine Matratze. Die Wände waren dekoriert mit allerlei ausgefallener Reizwäsche, einzelnen Stöckelschuhen und langen Federbüschen. Dazwischen ein Poster von Michel Jacksen in Begattungspose.

»Warum du nicht bumsen? He, das ist nicht normal! ... Egal, zuerst bezahlen.«

Ich gab ihr den 50-Mark-Schein, den ich in meiner Hemdtasche stecken hatte. Sollte ich hohe Erwartungen haben in diese erste Kontaktaufnahme im Rotlicht? Seit meiner Studienzeit war ich in keinem Puff mehr gewesen, aber damals in Köln, vor 15 Jahren, waren die Preise schon ähnlich, wenn ich mich recht erinnerte. Das Geschäft schien zu stagnieren.

Esmeralda steckte den Schein weg, dann verschwand sie für einen Moment hinter einem Wandvorsprung und tauchte splitternackt wieder auf. Sie war um die eins siebzig groß, tolle Figur, das konnte ich auch unter diesen Lichtverhältnissen erkennen, nur die Brüste waren einfach zu gigantisch, da stimmten die Proportionen nicht. Aber das interessierte mich nur marginal. Sie nahm meine rechte Hand, führte mich ans Bett und forderte mich auf, mich auszuziehen. Ich erklärte ihr nochmals mein Bedürfnis nach einem Gespräch, weiter nichts, was ihr ein schallendes Gelächter entlockte. Ich setzte mich auf die Bettkante und bat sie, sich neben mich zu setzen. Sie zog es aber vor, sich lang hinzustrecken und die Beine verlockend breit zu machen. Ich mußte mich zwingen, nicht hinzuschauen.

»Komm, mach schnell, Junge, Zeit ist gleich aus.«

Also begann ich, Fragen zu stellen, möglichst unverfängliche. Wie lange sie schon in Deutschland sei, ob sie die Stadt kenne, das historische Zentrum, ob sie einen Freund habe ... Alles was man so wissen will, wenn man jemand gerade kennenlernt. Esmeralda war keineswegs redefaul, sie plauderte locker mit mir in ihrem radebrechenden Deutsch. Als ich in Französisch wechselte, war sie überrascht und happy darüber, daß sie sich mit einem Gast in ihrer Muttersprache unterhalten konnte. War nicht französisch eines ihrer Dienstleistungsangebote?

Es mochten 20 Minuten vergangen sein, als sie zum ersten Mal sanften Druck machte.

»Tut mit leid, Erbert, Zeit ist vorbei.«

Ich ließ mich aber nicht davon beeindrucken.

»Du mußt mehr Geld geben, 100 Mark.«

Hätte das Gespräch bis dahin einen Anhaltspunkt gebracht, irgend einen Hinweis, mit dem ich etwas anfangen könnte, hätte ich nicht gezögert, den zweiten Fuffi zu investieren. Aber vermutlich hatte ich zu viele blöde Fragen gestellt. Ich hatte den Eindruck, daß diese Frau nicht unbedingt zu dieser Arbeit gezwungen wurde. Zumindest jetzt nicht mehr. Eine letzte Frage wollte ich noch loswerden, eine Art Test.

»Esmeralda, arbeitest du für einen Chef?«

»Ich nix Chef. Chef weg. Seine Frau jetzt Chef. Aber die kommt nix hierhin. Hausmeister macht alles, ich bezahle, alles okay.«

»Mußt du viel Geld bezahlen für dieses Zimmer?«

»Ja, viel Geld. Das ist teuer. 300 Mark, ein Tag. Ich muß viel arbeiten. Jetzt deine Zeit Schluß.«

Sechs Kunden von meiner Sorte pro Tag, überschlug ich, um alleine die Miete zu zahlen. 300 Mark mal 50 Frauen macht 15.000 Mäuse am Tag, bei optimaler Ausnutzung. Keine schlechte Rendite für so eine Bruchbude.

»Okay, Esmeralda. Vielen Dank für das Gespräch. Vielleicht komme ich mal wieder zu dir. Du gefällst mir, bist sehr hübsch.«

»Danke, Erbert. Aber nächste Mal wir machen Sex. Schön langsam bumsen, klar? Nur 100 Mark, pour toi, mon cheri.«

Tschau, und raus war ich. Bevor ich den Puff verließ, machte ich die volle Runde um das Karree. Inzwischen schlenderte eine Handvoll Männer mittleren Alters durch die Gänge, alle auf der Suche nach dem geilen Kick für den Augenblick. Vis-a-vis von Esmeraldas Zimmer, flurmäßig auf der Gegengeraden, saßen drei Asiatinnen, vermutlich Thailänderinnen, auf dem Bett eines Zimmers zusammen und unterhielten sich in einer mir nicht verständlichen Sprache. Als ich vor der halb geöffneten Tür stehenblieb, verstummte ihr Gespräch wie auf Befehl. Eine sehr junge, schlanke Frau mit zierlichem Körperbau und wundervollem, ovalen Gesicht trat auf mich zu. Unter ihrem glatten Teint schien ein Schleier von Traurigkeit und Melancholie zu liegen.

»Na, Kleiner, möchtest du rein kommen? Wir drei machen es dir gut, schön ficki-ficki, ja?«

Ich konnte verstehen, daß bei diesem Anblick viele Männer schwach werden. Aber ich hatte für heute die Nase voll. Ich mußte feststellen, daß meinen Möglichkeiten hier zu recherchieren, klare Grenzen gezogen waren. Man bräuchte eine Stange Geld, man müßte das Vertrauen dieser Frauen gewinnen.

Ich war frustriert. Ich sah noch kein Land bei dem Versuch, dem Rotlicht-Kartell auf die Schliche zu kommen. Klar, ich müßte mich an diese Ghanaerin ranmachen, die Mandantin von Anwalt Zimmer. Aber nicht einmal er selbst wußte, wo sie jetzt untergebracht war. Breitkreuz schien sie perfekt abzuschirmen, und vielleicht war das auch gut so.

7. Staatsgeheimnisse

Natürlich erschien ich zu spät in der Redaktion. Und dann wollten sie gleich wissen, wie lang mein Beitrag über den Rotlicht-Dschungel würde. »Das peppen wir zu unserem Top-Thema auf für die nächste Nummer«, jubilierte Norbert Feuerkopf, unser Chef-Layouter, ein Zwei-Zentner-Mann, Ende 20, der seit sechs Monaten bei uns mitarbeitete. Er war damals aus dem Nichts heraus in der Redaktion aufgetaucht, und da wir immer Leute suchten, die gerne umsonst arbeiten, ließen wir ihn mit Begeisterung ans Werk gehen. Obwohl er völlig fremd war in der Stadt, fand sich der stämmige, bärtige Mann aus dem Saarland erstaunlich schnell zurecht in den moselländischen Gefilden. Binnen weniger Wochen kannte er Gott und die Welt. Er war Junggeselle oder geschieden – so genau wußten wir das nicht – lebte von der Stütze und verdiente sich in Steinmanns VUM-Verein als Teilzeit-Bürokraft ein paar legale Mark dazu.

»Das wird ein Hammer, Matz! Du wirst sehen, damit kommen wir ganz groß raus.«

Norbert Feuerkopf lachte und mir wurde ganz anders. Was wußte ich schon von den Machenschaften, die sich in jenen dunklen Gefilden der Stadt tatsächlich zutrugen? Ich hatte bislang kaum einen blassen Schimmer davon und sollte vier, fünf Seiten darüber verbraten? Unmöglich, völlig ausgeschlossen. Es war viel zu früh. Ich konnte doch nicht die zaghafte Recherche, die ich gerade begonnen hatte, aufs Spiel setzen. Also bremste ich die Kollegen und sagte:

»Also, mehr als eine Doppelseite wird das nicht geben. Ich bin noch mitten in der Arbeit, ich hab' einfach zu wenig Fakten an der Hand.«

Das Telefon klingelte, Naomi war dran, sie wollte nur wissen, wie es mir ging. Nett von ihr. Die anderen Redakteure machten sich einen Spaß daraus.

»Frisch verliebt, und schon kontrolliert?« höhnte Klaus Singer, unser Star-Photograf, als ich den Hörer aufgelegt hatte.

»Du mußt's ja wissen, Klaus. – Wie sieht's denn aus mit dem Titelbild, wenn ihr schon 'ne große Puffnummer machen wollt?«

Jetzt wurde Singer kleinlaut.

»Ich bin schon dabei, nur die Ruhe. Bis Dienstag werde ich eine Reihe von Vorschlägen haben. Dann liegt es an euch, auszuwählen.«

Wieder läutete das Telefon. Es war Pater Ternes, der nach mir fragte.

»Es wäre mir lieb, wenn du nachher eine halbe Stunde Zeit für mich hättest«, sagte er. »Ich habe etwas Wichtiges, das ich nicht am Telefon besprechen möchte.«

So etwas kannte ich nicht an Ternes, er war sonst immer offen und direkt. Es mußte sich um etwas sehr Bedeutendes handeln, daß er so geheimniskrämerhaft tat. Ich versprach ihm, gegen zehn Uhr bei ihm zu sein, in seinem Büro in der Pfützenstraße.

Die Redaktionssitzung verlief chaotisch wie immer, die ständigen Telefonate störten den Ablauf ebenso wie die Undiszipliniertheit einiger AZ-Mitarbeiter. Die, die am wenigsten arbeiteten, klopften auf diesen Versammlungen die dicksten Sprüche. Das war ein Naturgesetz, gegen das kein Kraut gewachsen zu sein schien.

Für mich war heute kein guter Tag, nichts wollte richtig funktionieren. Dazu gesellte sich die angekokelte Pizza, die mir im ›Tex‹ serviert wurde, bevor ich zu Ternes aufbrach. Ich hatte es satt und ließ sie zurückgehen. Na ja, zumindest kam sich der Koch persönlich an meinen Tisch entschuldigen. »Die ist mir durchgegangen«, sagte der junge Iraner, der sich hier abends in der Küche sein Studiengeld verdiente. »Soll nicht wieder vorkommen.«

»Okay, Ali, kein Problem.«

Der gelieferte Ersatz war in Ordnung.

Kurz nach zehn stand ich bei Ternes auf der Matte. Es war lange her, daß ich den fürs Querdenken berüchtigten Priester persönlich in seinem Büro aufgesucht hatte. Das letzte Mal muß es vor rund zwei Jahren gewesen sein, damals, als der angolanische Flüchtling Rodolfo Rodriguez in Trier zu Tode gekommen war. Immer sind es traurige Anlässe, die uns zusammenführen, dachte ich bei mir.

Pater Ternes hatte bei künstlichem Licht am Schreibtisch gearbeitet, seine Augen tränten leicht, als er mich empfing.

»Ich hab eine knifflige Sache, Matz, eine seelsorgerische Herausforderung ersten Ranges«, begann er, nachdem wir uns an dem kleinen, ovalen Rauchtisch in der Ecke des Büros niedergelassen hatten. »Ich weiß nicht, ob ich dir einmal davon erzählt habe: ich bin Ansprechpartner, oder besser, Vertrauensmann für eine Reihe von katholischen Priestern, die homosexuelle Neigungen haben, um es vorsichtig auszudrücken. Auch ein Evangelischer ist darunter. Nebenbei gesagt, ich gehe davon aus, das dieses Gespräch vorläufig unter uns bleibt, Matz.«

»Selbstverständlich, Peter, du weißt, daß du mir vertrauen kannst. Deine Informationen werde ich nur nach Rücksprache und ausdrücklicher Billigung verwerten. Nicht einmal unsere Redaktion wird etwas erfahren.«

»Ehrlich gesagt, Matz, ich hab da einen Fall, der mich ziemlich ratlos macht. Einer dieser homophilen Priester, ein junger Mann von 28 Jahren, ist heute hier bei mir im Büro gewesen, er machte einen sehr niedergeschlagenen Eindruck. Er erzählte mir, daß er erpreßt wird. Seinen teilweise wirren Angaben glaubte ich entnehmen zu können, daß die Sache etwas mit der Rotlichtaffäre zu tun haben könnte. Auf gezielte Nachfrage hin stritt er dies jedoch ab. Bei mir blieb ein sehr fader Beigeschmack zurück. Als ich ihm empfahl, die Polizei zu verständigen, wehrte er sich mit Händen und Füßen dagegen. Das wollte er überhaupt nicht.«

Wir schwiegen einen Moment.

»Um welche Art der Erpressung es sich handelt, hat er nicht gesagt?«

»Natürlich. Die wollen ihn outen. Das ist doch das Problem. Diese jungen Priester verbringen ein Leben auf heißen Kohlen, sag ich dir. Ein falsches Wort in der Öffentlichkeit, und sie sind geliefert. Offenbar verlangt in diesem konkreten Falle jemand eine Gegenleistung von ihm, damit das nicht passiert. Die Drohung steht im Raum. Das heißt, irgend jemand will das Wissen um die Homosexualität des Mannes für seine Geschäfte ausnutzen.«

»Ist das heute immer noch ein Problem? Mich wundert es, daß jemand mit diesem Thema noch erpreßbar ist, in unserer Zeit. Wir leben doch nicht mehr im Mittelalter.«

»Du mußt wissen, der Mann ist jetzt gerade ein Jahr in seiner Gemeinde, eine konservative Vorstadtgemeinde auch noch. Was meinst du, was da los ist, wenn die Leute hören: unser Pfarrer ist schwul!«

Das stimmte sicher. So etwas war noch immer eine Ungeheuerlichkeit, zumal in einer Bischofsstadt. Noch schlimmer in den ländlichen Vororten, an der Mosel, im Hunsrück und in der Eifel.

»Das ist doch längst nicht mehr aktuell«, versuchte ich die Sache gegen besseres Wissen herunterzuspielen. »Es ist doch kein Geheimnis mehr, daß über ein Viertel aller katholischen

Priester schwul ist. Hat der Leiter des Trierer Priesterseminars selbst öffentlich gesagt. Und der muß es doch wissen, der arbeitet ja an der Quelle. Und selbst der Bischof hat dies inzwischen eingeräumt. Was soll das alles? Das Thema ist längst vom Tisch.«

»Matz, du hast überhaupt keine Ahnung, was sich hinter den Kulissen der schwarzen Talare abspielt. Macht- und Ränkespiele, Psychoterror in den eigenen Reihen! Ich könnte ein Lied davon singen. Das sind die reinsten Glaubenskriege. Ich will jetzt gar nicht in Einzelheiten gehen. Nur eines ist völlig klar, und das ist das Entscheidende: ein katholischer Priester darf homosexuell veranlagt sein, genauso wie seine Kollegen heterosexuell sein dürfen. Aber für beide gilt, daß sie ihre Sexualität nicht ausleben dürfen, sie dürfen sie nicht praktizieren. Sie fällt unter das Keuschheitsgebot, das Zölibat, auch bei Schwulen. Diesen Eid hat jeder Preister bei der Weihe abgelegt.«

»Aber das ist doch Blödsinn. Wenn ich nicht ganz daneben liege, gibt es allein im Bistum Trier an die Tausend uneheliche Priesterkinder, die alle schön von der Kirche alimentiert werden. Und keiner von diesen Priestern ist deshalb aus dem Amt geflogen.«

»Das ist ja die Sauerei, Matz«, giftete Ternes jetzt los. »Das werfe ich den Schleimscheißern in der Hierarchie ja seit Jahren vor, diese unerträgliche Doppelmoral, diese Lügerei. Der bekennende schwule Priester wird mit Schimpf und Schande davongejagt. Aber das Heer der Kinder, die seine Kollegen mit sicherlich ebensolcher Lust gezeugt haben, wird akzeptiert, so als seien das alles unbefleckte Empfängnisse gewesen. Das müßten ja dann alles Jesuskinder sein. Und was sind es in Wahrheit? Hurenbankerte!«

»Immer schön langsam, Peter. Auch das sind Gotteskinder wie wir alle. Zumindest habe ich das von früher in Erinnerung, als ich noch regelmäßiger Hochamtsbesucher war. Da hat man uns das in den Sonntagspredigten beigebracht.«

»Ja, natürlich sind es Gotteskinder wie wir alle. Aber der Skandal liegt doch in der unterschiedlichen Behandlung der betroffenen Priester. Die Schwulen werden massiv unter Druck gesetzt. Nicht umsonst wenden sie sich in ihrer Not an mich. Aber wie soll ich denen helfen? Ihre Existenzen stehen auf dem Spiel, und ich bin machtlos.«

Ich wußte immer noch nicht, warum Pater Ternes mich zu sich gerufen hatte. Was wollte er eigentlich von mir? Hilfe? Ich war genauso ratlos wie er.

»Um noch einmal auf diesen einen Fall zurückzukommen«, setzte ich wieder ein. »Kommen solch brenzligen Notfälle häufiger vor?«

»Von dieser Dramatik hatte ich bis jetzt noch keinen Fall, das muß ich ehrlich zugeben.«

»Und der Kollege, was sagt er, geht er seine Neigungen nach, hat er regelmäßig Sex? Hat er einen festen Freund?«

»Ich denke ja. Deshalb ist die Erpressung für ihn auch so gravierend. Das muß ja wie wahnsinnig auf dieser Beziehung lasten.«

»Den Namen des Freundes hat er nicht genannt?«

»Noch nicht. Ich weiß, was du denkst, Matz. Der könnte natürlich mit der Erpressung zu tun haben. Er könnte die Informationsquelle sein, die die Erpresser angezapft haben, um ihr schmutziges Geschäft in Gang zu bringen.«

»Eben! Es wäre aus meiner Sicht ungemein wichtig, diese Person zu ermitteln. Diesem Typen müßte man auf den Zahn fühlen.«

»Ich weiß nicht, ob das viel bringen würde, vielleicht ist das auch so eine arme Sau. Aber trotzdem, Matz, ich bin dir dankbar für deine Unterstützung, für dieses Gespräch. Ich habe zwar immer noch das Gefühl, daß ich dem Mann im

Augenblick noch nicht viel helfen kann. Aber ich komme mir nicht mehr wie ein Häufchen Elend vor. Ich könnte mir vorstellen, daß wir in ein paar Wochen, wenn der Fall hoffentlich ein gutes Ende gefunden hat, einen Artikel in eurer Zeitung bringen. Die Öffentlichkeit muß mehr über dieses Problemfeld erfahren. Das würde den Druck von den Betroffenen nehmen.«

»Das können wir gerne machen, Peter. Wir setzen uns vorher zusammen und bauen einen richtig guten Beitrag, das verspreche ich dir.«

Wir blieben noch ein Weile zusammen sitzen und unterhielten uns über den Prozeß gegen Hermsdorf.

»Wenn ich nicht wüßte, daß der in U-Haft sitzt, würde ich sagen, der steckt hinter der Erpressung«, meinte Pater Ternes.

»Was sollte der davon haben?«

»Der Hermsdorf? Den kenne ich von Kindesbeinen an. Der war früh ein gewitztes Bürschelchen. Leider ist das Talent dann in völlig falsche Bahnen gelenkt worden. Der Günter hat reichlich Erfahrung mit Erpressungen. Der findet auch schnell einen Anlaß. In Sachen krumme Dinger drehen, ist der sehr erfinderisch.«

Ich hatte noch keine Lust, nach Hause zu fahren. Es war Freitag abend, kurz nach elf, die beste Zeit, um ins Palais zu gehen. Also nichts wie hin. 80er und 90er Fete war plakatiert, Mainstream-Tanzmusik. Ab und an fuhr ich total darauf ab.

Norbert Feuerkopf, unser Layouter, hatte wohl dieselbe Idee. Wir stießen in der Enge der Tanzfläche aufeinander. Er lud mich nach dem Tanz zu einem mexikanischen Corona ein. Ich wunderte mich, woher Norbert das Geld dazu nahm, bei seinen Einkommensverhältnissen.

»Ich war heut' auf'm Sozi, hab' bar abkassiert. Jetzt bin ich wieder für ein paar Tage flüssig«, erzählte er stolz. Fragte sich nur, für wieviele Tage. Ich bekam ein schlechtes Gewissen. Aber das Flaschenbier, das beim Trinken über eine Viertelzitronenscheibe glitt, lief super rein. Keine schlechte Idee, das mit der Zitrone.

»Was denkst du, Matz, was mir heut' passiert ist? Bei mir gegenüber, auf dem gleichen Flur, wohnt jetzt so 'ne kaffeebraune Braut, muß die letzten Tage frisch eingezogen sein. Werde demnächst mal meine Fühler ausstrecken, Kollege.«

»Paß bloß auf, daß du keine gewischt bekommst, Norbert, je nachdem, welchen Fühler du gerade ausstreckst ...«

Wir amüsierten uns köstlich, Männerfreuden, Männerwitze.

Plötzlich wurde mir ganz heiß ums Herz, mir glühten die Ohren, mein Kopf drohte wegzufliegen.

»Was sagtest du eben, vor ein paar Tagen ist die erst eingezogen?«

»Ja, klar. Ich hab sie bisher nur einmal kurz gesehen, heute nachmittag, sie stand in der Tür ihres Apartments.«

Ich ahnte Schlimmes. Norbert wohnte in der vierten Etage eines unscheinbaren Mietshauses, direkt an der vielbefahrenen Südallee, ausschließlich Sozialwohnungen.

»Kannst du dich erinnern, wie die Frau ausgesehen hat?« fragte ich ihn. »Hast du mit ihr gesprochen?«

»Nee, die war nicht sehr gesprächig. Ich war gerade auf dem Heimweg von Steinmanns Büro, als ich sie angetroffen habe. Sie muß sich kurz vorher von zwei Männern verabschiedet haben, die kamen mir nämlich im Treppenhaus entgegen. Weiß aber nicht, ob einer von denen ihr Macker war.«

Das wäre ja verrückt. Ich wollte es noch nicht glauben, aber als Norbert mir ihre Beschreibung gab – bei aller Ungenauigkeit – hatte ich keine Zweifel mehr: Es war Maria Tonga, die seit zwei Tagen Tür an Tür mit unserem Layouter lebte!

»Kennst du sie etwa?«

»Zuerst dachte ich ja«, antwortete ich ihm. »Aber ich glaube, ich verwechsle sie mit einer anderen. Die, die ich meine, hat noch nie Zöpfe gehabt.«

Ich hätte es als grob fahrlässig angesehen, wenn die ›geheime‹ Adresse der bedrohten Ex-Prostituierten bald in der halben Stadt bekannt sein würde. Deshalb blieb ich so cool wie möglich und gab mir alle Mühe, über den Schrecken hinwegzutäuschen und mir Norbert gegenüber nichts anmerken zu lassen.

Bei »It's raining men« stürzte ich mich noch einmal ins Getümmel.

8. Die Schnapsidee

Übers Wochenende war nicht mit entscheidenden Neuigkeiten zu rechnen. Dennoch besorgte ich mir am Samstagmorgen, nachdem ich die wichtigsten Einkäufe für die nächsten Tage erledigt hatte, das Handy aus unserem Zeitungsbüro, damit ich auch während der Ausflüge, immer erreichbar blieb. Zumindest meine wichtigsten Bekannten und Freunde hatten die Rufnummer in ihren Adressbüchern vermerkt.

Am Morgen, als ich mich zum Einkaufen in der Stadt aufhielt, hatte ich eine Weile mit dem Gedanken gespielt, die Ghanaerin in Norbert Feuerkopfs Wohnblock zu besuchen. Sollte ich es wagen? Was würde die Frau denken, wenn ein

Unbekannter an ihrer Wohnungstür klingelte? Höchstwahrscheinlich würde sie die Polizei rufen. Dann würde ich ziemlich dämlich dastehen. Nein, ich verwarf die verlockende Vorstellung. Der Frau ging es ohnehin nicht gut, isoliert in einer fremden Wohnung, inmitten einer fremden Welt, ohne Freunde. Dazu die permanente Gefahr, getötet zu werden. Ich hätte um nichts in der Welt mit ihr tauschen wollen.

Als ich am späten Vormittag mit dem Rad von meiner Einkaufstour zurückkam, hörte ich Fritz Erdmanns Stimme zwischen den Himbeerranken.

»Komm, Matz, probier mal, die sind schon gut.«

Ich stellte meine Mitbringsel in der Laube ab und folgte dem Rufer aus der Wildnis.

»Ich hab schon ne ganze Hand voll gegessen, beeil dich, wenn de noch wat abhaben willst«, schmatzte es aus dem Gebüsch hervor. Tatsächlich hatten einige Himbeeren schon rote Bäckchen bekommen. Und dick geworden waren die vielleicht!

»Die schämen sich vor uns, Matz, deshalb sind die so rot geworden.«

Ich konnte mit Freude feststellen, daß sich der Alte wieder gut erholt hatte von den jüngsten Schicksalsschlägen. Ich scherzte ein wenig mit ihm, naschte an seinen Himbeeren und machte mich dann aus dem Staub. Die Wohnung bedurfte einer Grundreinigung, außerdem mußte ich die Einkäufe versorgen, die Waschmaschine ausräumen – ja, ich hatte heute früh tatsächlich eine Maschine gefüllt und in Gang gesetzt! – und in der Küche türmte sich der obligatorische Spülberg. Wenn ich mir das so recht überlegte, war das mindestens Arbeit für drei Tage. Doch die Wohnung sollte halbwegs vorzeigbar sein, wenn Naomi käme. Ich wollte ihr beweisen, daß ich durchaus Sinn für Hausarbeit hatte, wenn auch nur sporadisch. Was ich sonst in drei Tagen machte, mußte jetzt in drei Stunden getan werden. Also ran ans Werk!

Ich hörte Fritz Erdmann draußen fidel quieken und pfeifen, während ich schuftete und schwitzte. Er hatte mir eines voraus: seine Haushaltshilfe kam zweimal die Woche und brachte alles auf Vordermann. Jetzt beneidete ich den Alten ob dieser Mainzelmännchen-Methode, ich selbst hatte mich aber nie zu ähnlichen Regelungen für meinen Bereich durchringen können, wäre mir zu bourgeois vorgekommen. Außerdem legte ich immer Wert darauf, meine persönlichen Dinge in diesem kurzen Erdenleben selbst zu regeln. Vielleicht ein Prinzip, das ich zuweilen ein wenig zu streng handhabte.

Punkt vier Uhr erreichte ich radelnd mit Naomi den Parkplatz am Rande des Gillenbachtals. Die Sonne stach, wir atmeten schwüle Luft. Etwa ein Dutzend Gäste hatten sich zur Erlebnisexkursion durch das Naturschutzgebiet eingefunden, auch drei Kinder im Vorschulalter waren dabei, sowie zwei Hunde. Sie hechelten müde mit halb geschlossenen Augen und wirkten apathisch.

Wir traten ein in den Schatten riesenhafter Bäume, die den Talweg entlang des kleinen Bachlaufs säumten. Naomi erläuterte die Geologie des Tales, das durch die Grenzlinie zwischen Buntsandstein und Muschelkalk seinen besonderen Charakter erhielt. Beeindruckend, wie man diese Unterschiede in den Gesteinsarten an den verschiedenen Floren nachvollziehen konnte. Hatten wir zu Beginn im Sandstein einen artenarmen Hainsimsen-Eichenwald durchwandert, so wandelte sich die Vegetation mit dem Übergang in den Kalkstein in eine Kraut-, Stauden- und Strauchflora üppigster Ausprägung, optisch charakterisiert durch zahlreiche, mehrere Meter hoch kletternde Efeugewächse. Als wir schließlich die Glatthaferwiese am oberen Waldrand erreicht hatten – jene Wiese, die ich in bester Erinnerung behalten werde – und Naomi gerade damit begonnen hatte, typische Charakterpflanzen der Halbtrockenrasenvegetation vorzustellen, prasselten mit dem ersten Donnerschlag zugleich dicke Wassertropfen vom Himmel, der sich in Sekundenschnelle verdunkelt hatte. Eine kräftige Windböe zerzauste uns das Haar. Die Kinder kreischten, die Hunde jaulten, alle eilten wir Schutz suchend zu einem nahen Pferdeunterstand, der zum Glück gerade unbenutzt war. Ich erinnerte mich an Christi Himmelfahrt, vor gut vier Wochen, als uns hier ein sanfter Regenguß Kühlung verschafft hatte. Jetzt trommelte das Wasser mit Macht auf das Wellblechdach über uns, es lief in Dutzenden von kleinen Wasserfällen vom Dach herunter und formte in Windeseile unten einen Bach, der sich in dem Wiesengelände verlor. Schweigend verfolgten wir das Naturspektakel, Blitz und Donner flößten einigen von uns gehörigen Schrecken ein, andere lachten und freuten sich. Nach einer halben Stunde war der Spuk vorbei, der Regen hatte aufgehört, die Sonne blinzelte hinter den abziehenden Wolken hervor, die Luft roch nach Erde und Stickstoff. Wir atmeten befreit auf.

Nach dem Ende der Wanderung lud mich Naomi zu einer Erfrischung ins nahegelegene Café Rosengarten ein. Das Gewitter hatte die Gäste alle ins Innere gescheucht. Wir besorgten uns ein Spültuch, um Stühle und Tisch zu trocknen, da wir gerne draußen sitzen wollten. Erst jetzt hatte ich den Blick frei für Naomis zauberhafte Erscheinung, ihr weißes Leinenkleid, das mit gelben, roten und blauen Blumen geschmückt war. Es stand ihr prächtig, betonte ihre schlanke Figur, ließ ihre Rastafrisur zur Geltung kommen und kontrastierte spannungsvoll mit ihrer Körperfarbe. Sie strahlte eine natürliche Eleganz aus. Wieso sah ich das erst jetzt, nachdem ich über drei Stunden an der Seite dieser Frau verbracht hatte? Ich mußte blind gewesen sein, oder war es schon die Gewohnheit, das Alltägliche? War ich schon derart abgestumpft, war der Blick für die Schönheit nur eine Sekundenangelegenheit?

»Naomi, du siehst bezaubernd aus.«

»Danke, mein Schatz. Schade, daß wir unsere Wiese nicht mehr betreten konnten wegen des Regens.«

»Macht nichts, das Gewitter hat doch die Exkursion vollkommen gemacht, das war schöner, als wir es hätten planen können.«

Naomi bestellte einen Obermosel-Elbling, ich einen Trierer Viez.

Nachdem die Bedienung gegangen war, schilderte ich ihr in groben Zügen meine Erlebnisse vom Vortag, die sie gespannt aufnahm. Insbesondere mein Bericht aus dem Puff interessierte sie. Am Ende entstand eine kleine Pause.

Unsere Getränke wurden serviert. Wir stießen mit den Gläsern auf unsere gemeinsame Zukunft an, sie nippte an ihrem Elbling, ich nahm einen kräftigen Zug von dem kellerkühlen Apfelwein. Er war triererisch herb, richtig ›gammer‹, genau so, wie er sein soll.

Dann sah mich Naomi mit der Entschlossenheit einer Löwin an und sagte:

»Wenn du meinst, daß du in diesem Eros-Center nicht gut an Informationen herankommen kannst, weil die Frauen Angst haben, wie wärs, wenn ich das probiere?«

Sie muß es meinem Gesichtsausdruck angemerkt haben, daß ich sehr irritiert war. Sie lächelte sanft dagegen an.

»Ich weiß ja, das klingt verrückt, mag es ja auch sein. Aber sieh mal, wenn ich mir dort ganz normal ein Zimmer nehme, um zu arbeiten, wie die anderen Frauen auch, dann hätte ich doch die Chance, mit denen ins Gespräch zu kommen. Jedenfalls viel eher, als ein fremder Mann.«

Das kann sie doch nicht ernst meinen, dachte ich. Das wäre nicht möglich, das würde ich niemals zulassen, völlig ausgeschlossen.

»Selbstverständlich nur zum Schein, Matz. Keine Angst, ich möchte dort nicht als Hure arbeiten, das ist doch klar. Aber für ein paar Tage würde das doch gehen, als Undercover-Agentin oder wie das heißt. Stell ich mir ungemein spannend vor. Und, ehrlich gesagt, Matz, mir liegt sehr viel daran, daß dieser Fall aufgeklärt wird. Ich möchte mithelfen, so gut ich kann.«

Jetzt spinnt sie aber, dachte ich. Was hatte sie für Vorstellungen? Das war doch kein Kinderspiel. Ich machte mir Vorwürfe, daß ich sie so weit in die Sache mit hineingezogen hatte.

»Nein, Naomi«, sagte ich dann entschieden, »das geht nicht. Versteh mich bitte nicht falsch, aber was du da überlegst, ist viel zu gefährlich. Das kann ich nicht verantworten.«

»Brauchst du ja auch gar nicht, Matz. Das nehme ich auf meine Kappe, keine Angst, mein Schatz.«

Jetzt machte sie mich auch noch zum Angsthasen. Sie sprühte ja geradezu vor Energie und Tatkraft. Ihren Mut hatte ich schon des öfteren bewundert, aber diesmal ging sie entschieden zu weit. Das konnte sie ihr Leben kosten. Das mußte ich ihr klarmachen.

»Ach, Matz, wieso machst du dir so viele Sorgen um mich? Du bist doch auch reingegangen in den Puff. Und bist du jetzt vielleicht tot?«

»Aber das ist doch etwas völlig anderes! Das kannst du doch nicht damit vergleichen. Naomi, ich liebe dich, ich kann dich nicht dieser Gefahr aussetzen. Ich möchte nicht, daß dir etwas zustößt. Verstehst du mich? Ich ...«

Naomi griff mir an den Arm und und bat mich, nicht so laut zu werden, man könnte uns ja bis in die Wirtschaft hinein hören. Nur widerwillig ließ ich mich von ihr bremsen. Ich spürte, wie mich ihre Verliebtheit in diese Schnapsidee aggressiv machte. Es war das erste Mal, seit wir uns kennengelernt hatten, daß ich so lospolterte. Irgendwann mußte es ja passieren, unser erster handfester Streit! Und ich war fest davon überzeugt, daß ich in dieser Sache niemals nachgeben würde.

»Mach dir bitte nicht in die Hose. Ich bin erwachsen genug, um selbst zu entscheiden, was ich mache und was nicht. Ich werde mir das Ganze noch einmal gründlich durch den Kopf gehen lassen. Am Montag sag ich dir Bescheid. Ich wünsche mir, daß du hinter mir stehst, egal, zu welcher Entscheidung ich mich durchringen werde.«

Sie hatte mich in die Enge getrieben. Sollte ich jetzt klein beigeben? Sollte ich ihre Entscheidung einfach tatenlos abwarten. Nein, das wäre nicht nach meinem Geschmack. Diese Frau hatte einen eisernen Willen, ihr war nur schwerlich etwas aufzuzwingen, das wußte ich längst. Aber verglichen mit dieser Diskussion waren alle bisherigen Dispute Bagatellen gewesen. Da war es ein Leichtes gewesen, nachzugeben. Aber jetzt?

»Okay, Naomi. Wir können morgen abend, wenn wir vom See zurück sind, weiter überlegen, wie wir vorgehen wollen. Bis dahin habe ich nur einen Wunsch, daß wir nicht weiter streiten.«

»Abgemacht, Matz.« Sie gab mir einen dicken Schmatzer auf meine viezsauren Lippen. Nein, ernsthaft böse zu sein mit ihr, das konnte ich mir überhaupt nicht vorstellen.

Gegen Abend entfachte ich ein Holzfeuer in Erdmanns Garten. Die Feuerstelle hatte ich vor Jahren gemeinsam mit ihm aus Natursteinen gemauert. Darüber hatten wir eine Halterung für einen Grillrost installiert.

Als das Buchenholz bis zur Glut abgebrannt war, holte ich die Olewiger Bachforellen aus dem Kühlschrank, die ich am Vormittag besorgt hatte, legte sie auf Alufolie, streute Salz, Pfeffer und ein paar Blätter frischer Zitronenmelisse darauf, strich je einen Eßlöffel Butter dazu und rollte sie in die Folien ein. Nach zehn Minuten Garzeit auf dem Rost hatten wir ein leckeres Abendessen. Naomi steuerte einen Blattsalat bei, und Erdmann hatte frische Wasserwecken besorgt. Es schmeckte köstlich.

Naomi und ich hatten geplant, später noch in die Stadt zu gehen, zum Tanzen, ins Havanna oder ins Palais. Wir ließen uns viel Zeit beim Plaudern im Garten. Als wir gegessen hatten, legte ich noch ein paar Scheite Holz auf, und wir rückten näher ans Lagerfeuer. Die Zeit verflog im Nu. Sie ließ sich genauso anheimeln von den unermüdlich züngelnden Flammen wie ich. Das Feuer harmonisierte und glättete unsere Seelenlandschaften.

Kurz nachdem sich Erdmann von uns in Richtung Schlafkammer verabschiedet hatte, klingelte das Handy, das ich seit dem Vormittag in meiner Hosentasche bei mir trug. Steinmann war am Apparat, wollte mir wichtige Informationen über das Eros-Center geben. Naomi merkte, warum es ging und bedeutete mir, daß sie unbedingt dabei sein wollte, wenn wir uns trafen. Mit ihrem Einverständnis vereinbarte ich einen Termin für den darauffolgenden Tag, Sonntag, elf Uhr vormittags. Da Steinmanns Haus, von uns aus gesehen, auf der Strecke lag, könnten wir den Besuch mit der Fahrt zum Losheimer See verbinden.

Als das Feuer endgültig niedergebrannt war, gingen wir statt in den Havanna-Keller zu mir nach oben.

9. Der Anruf

Steinmann mußte gerochen haben, daß wir mit nüchternen Mägen bei ihm eintrudeln würden: er trug frische Croissants, Butter, Preiselbeerkonfitüre und Honig auf. Dazu machte er uns Milchkaffee nach Wunsch – der perfekte Matinee-Gastgeber.

»Ich bin ein Leben lang Junggeselle gewesen«, quittierte er unsere Lobgesänge, »da hat man gelernt, mit allem umzugehen. Inzwischen bin ich ein perfekter Hausmann.«

Uns Faulpelzen fiel es nicht schwer, seinen Service zu loben. Nachdem wir uns gesättigt hatten, präsentierte Steinmann uns einen großen Bogen Papier, den er vorsichtig auseinanderfaltete. Ich half ihm dabei, das gute Stück auf dem Tisch auszubreiten.

»Habt ihr eine Ahnung, was das ist? Nein, könnt ihr nicht haben ... Der Bauplan des Eros-Centers in der Luxemburger Straße!«

Richtig, da waren sogar die Stempel der Baugenehmigung noch drauf, vom 18.11.74.

»Mein Gott, wie kommst du denn an so etwas ran, Eduard?«

»Ganz einfach, Matz, ich war damals Ratsmitglied, ich bin zur Verwaltung hingegangen, um Einblick in die Planungen zu nehmen. Ganz nebenbei habe ich mir bei der Gelegenheit diese Ablichtung gemacht. Mag sein, nicht ganz legal, ich weiß das nicht genau. Aber das war mir egal, läßt mich heute noch kalt. Hauptsache, ich habe das Ding.«

Als Bauherr war Dr. Polinka eingetragen.

»Dieser Polinka hatte damals ein Stein im Brett beim Sozialdezernenten der Stadt, der zugleich auch Bürgermeister war. Polinka war ungarischer Herkunft, ein konvertierter Jude. Er hatte ein kleines Geschäft in Trier, damit stands nicht zum Besten. Wie der dann an die Lizenz für das Freudenhaus kommen konnte, ist bis heute noch nicht geklärt. Jedenfalls war er ein Ganove ersten Ranges. Mit dem Gewinn aus der Veräußerung des Puffs hat er sich wenige Jahre später nach Gran Canaria abgesetzt. Dort erwarb er eine Villa am Meer und baute ein deutsches Musikorchester auf, mit dem er seither den Touristen das Geld aus der Tasche lockt.«

Eduard Steinmann war ein Experte in Sache Polinka, er hätte viele Stunden über diesen Mann dozieren können. Während er weitersprach, fiel mir auf, wie interessiert sich Naomi den Plan betrachtete, der auf dem Tisch vor uns lag. Ob sie schon ein Zimmer aussuchte, das sie demnächst beziehen wollte? Mir grauste davor.

»Aber, wenn das solch eine Goldgrube war, wie du sagtest, Eduard, dann verstehe ich nicht, warum der Polinka den Laden überhaupt verscheuert hat?«

»Das ist sehr einfach zu erklären. Gegen den Lump liefen doch hier in der Stadt reihenweise Prozesse und Verfahren wegen der verschiedensten Betrügereien. Der mußte sich doch aus dem Staub machen, sonst hätten die ihn bald eingelocht. Übrigens, der seinerzeitige Bürgermeister, ein heißer Anwärter auf den frei werdenden Oberbürgermeisterposten, ist über diese Sache gestolpert. Der hat kein Bein mehr auf die Erde gebracht, nachdem der Polinka verschwunden war. Man munkelte, er habe ihm sogar bei der Flucht geholfen.«

»Und der Günter Hermsdorf ist später nach der gleichen Masche verfahren?«

»Was Gangsterei anging, haben sich die beiden nicht viel gegeben. Hermsdorfs zweite Frau, also seine jetzige Ehefrau, ist eine geborene Gaspary. Ehemals eine sehr einflußreiche Familie in Trier. Die hat ihn endgültig in die bessere Gesellschaft der Stadt eingeführt. Vor allem natürlich in Kontakt gebracht mit den Leuten, die auf dicken Schwarzgeldkissen unter den Matratzen hockten. Denen kam der Hermsdorf gerade richtig, die haben ihn mit offenen Armen aufgenommen.«

»Nur ist er scheinbar doch nicht so schlau wie der Dr. Polinka, sein Vorbild. Sonst säße er jetzt nicht in U-Haft.«

»Das stimmt, ganz so schlau ist er nicht. Er fühlte sich scheinbar sehr sicher in Trier. Bisher ist ja auch alles gelaufen wie geschmiert. Ihm war noch nichts Konkretes nachzuweisen. Das ist ja die Sauerei. Stadtverwaltung und Polizei haben nicht das geringste Interesse an seiner Verurteilung. Die wissen doch, wenn der auspackt, sitzen sie alle mit im Boot. Viele haben Dreck am Stecken.«

Als nächstes zauberte Steinmann einen dick gefüllten Leitz-Ordner aus seinem Schreibtisch hervor, in dem er alle ihm zugänglichen Schriftstücke aufbewahrte, die mit der Eros-Center-Geschichte zu tun hatten. In der Tat, eine einzigartige Fundgrube. Protokolle der Ratssitzungen aus den frühen 70ern waren ebenso zu finden, wie alle Zeitungsberichte über die Polinka-Affäre, die den damaligen Bürgermeister die Karriere kostete.

»Das sind nur die wichtigsten Papiere, ich habe noch sieben weitere Ordner, leider fehlte mir bislang die Zeit, sie gut aufzubereiten. Aber, wenn du möchtest, Matz, stelle ich dir diesen zur Verfügung. Nur mußt du mir versprechen, daß ich ihn wieder vollständig zurückerhalte.«

Die Kuckucksuhr an der Wand zeigte kurz vor ein Uhr, es wurde Zeit, daß wir aufbrachen, schließlich wollten wir uns einen ruhigen Tag am See machen.

»Ich würde mir diesen Ordner gerne näher ansehen, Eduard, mit Sicherheit kann ich einige Dinge gut gebrauchen für meinen Artikel in der nächsten AZ-Ausgabe. Den kuriosen Lageplan werde ich nicht mitnehmen, im Notfall weiß ich ja, wo er zu finden ist.«

»Aber ich!« mischte sich Naomi ein. »Wenn Sie erlauben, Herr Steinmann, ich würde mir ganz gerne auch eine Fotokopie davon machen.«

»Gerne, junge Frau, nur zu. Das ist wirklich ein originelles Stück, nicht wahr?«

Ich geb's schon zu, ich war sauer auf Naomi, weil sie mich wieder düpiert hatte. Zumindest empfand ich es so. Ist wohl mein schwacher Punkt. Auf dem Weg hinauf in den Hunsrück vermied ich es, die Sache erneut anzusprechen. Naomi saß wie eine Königin am Steuer ihres ultramarinblauen Golfs, und ich hatte keinerlei Veranlassung zu irgendwelchen Nörgeleien. Was kann einem Mann Besseres zustoßen, als eine so umwerfend aussehende Chauffeurin neben sich zu wissen?

Wir segelten die Pellinger Straße hoch, es war noch immer sommerlich warm, wie seit Tagen. Die Täler von Mosel und Saar waren bereits in den für die Hochsommerzeit typischen Dunstschleier getaucht, dennoch genoß ich den Blick durchs offene Fenster nach rechts ins Konzer Tälchen, in der Ferne mischten sich die pastellfarbenen Höhenzüge des Saarberglands mit dem luxemburgischen und französischen Hügelland.

Bis Steinbachweiher sprachen wir wenig. Wenn ich zu meiner Nachbarin rüberschaute, erkannte ich die Silhouette eines Siegertyps. Ihr rechtes Wangengrübchen stand auf Vollzeitfreude. Sie hatte tatsächlich dem Steinmann diesen Lageplan abgeluxt, den, da bin ich mir absolut sicher, in den vergangen zwei Jahrzehnten kein Fremder je zu Gesicht bekommen hatte.

»Toll, die frische Luft hier oben«, strahlte sie, als wir das schattige Wäldchen kurz vor dem Abstieg nach Zerf durchfuhren.

»Dabei sind die Ozonwerte hier oben viel höher als in Trier«, knurrte ich zurück.

»Willst du Streit, Alterchen?«

Wie käme ich dazu. Nein, nein, ich wollte keinen Streit, um Himmels Willen! Ich wollte nur aufräumen mit einem nicht wahrgenommen Mißverständnis. Ich wußte, daß sich tagsüber in den sogenannten ›Frischluftgebieten‹ von Eifel und Hunsrück wesentlich höhere Ozongehalte aufbauten, als unten in der abgestandenen Luft der Talkessel. Paradoxerweise sorgte der hohe Fahrzeugverkehr in Trier zum Beispiel für einen rascheren Abbau des schädlichen Ozons. Das hatte ich einmal recherchiert für einen Bericht über die Umwelttage, und nur das hatte ich zu bedenken geben wollen, nichts anderes, und Streit wollte ich damit schon garnicht provozieren.

»Theoretisch magst du recht haben, Matz, aber mir bekommt die Luft hier oben trotzdem besser.«

Einverstanden, alles noch im grünen Bereich. Ich konnte durchatmen.

Auf der Höhe der Abzweigung nach Britten und Mettlach – längst hatten wir die grüne Grenze zum Lafontaineland hinter uns gelassen – grüßte uns von Südosten her bereits die bleiern in der Sonne liegende Seefläche, ein silbriges Band am Horizont. Weiter im Süden ragte die weiß-graue Dampfwolke des Bexbacher Kohlekraftwerks wie ein überdimensionaler Riesenbovist ins Blau des Firmaments.

Am Seeufer tummelten sich bereits die Massen. Wir hatten Glück, daß wir am Rande der Liegewiese noch ein Plätzchen ergattern konnten, wo wir unsere schmalen Isomatten ausrollen konnten. Unterhalb des Hotelkomplexes war schon die gigantische Bühne für das Open-Air-Rock-Spektakel aufgebaut, das am kommenden Wochenende stattfinden sollte.

Als Naomi sich aus den Kleidern geschält hatte und sich in ihrem hellen, marienkäfergepunkteten Bikini zum Strand bewegte – es war mehr ein Schweben – fesselte sie ungezählte Augenpaare junger Männer entlang der Strecke. Es war mir beinahe peinlich, als sie meine Hand nahm und mich zum Flanieren Seite an Seite animierte. Im Inneren war ich stolz wie Oscar, ich, der alte Bock, zeigte es den jungen Kerlen. Was mögen die gedacht haben? Diese scharfe Braut, viel zu schade für den Rentneranwärter!

Wegen des großen Andrangs am Ufer beschlossen wir, uns ein Tretboot zu leihen, ein Sück weit rauszufahren und dort eine Runde zu schwimmen. Wir schipperten eine gute Viertelstunde hinaus, dann waren wir allein auf weiter Flur. Ich ließ mich hüllenlos ins Wasser gleiten, Naomi war nicht dazu zu bewegen, sie behielt den Bikini an. O, tat das gut, in dieser Riesenwanne herumzuplanschen! Wir bespritzten uns gegenseitig mit der flachen Hand, wir lachten und schluckten Wasser, wir wurden wieder zu kleinen Kindern, beide.

Wir waren noch keine fünf Minuten im Wasser, da piepste das Handy in meinem Rucksack. Naomi lachte sich halb tot. Ich war der Depp, der das Gerät unbedingt mitschleppen mußte. Also schwamm ich ans Boot zurück, fingerte vom Wasser aus mit einer Hand die nervende Geräuschquelle aus der Rucksacktasche heraus und riß sie ans Ohr. Es war Pater Ternes.

»Traurige Nachricht, Matz. Gundermann ist tot, Dieter Gundermann.«

Der Name sagte mir nichts.

»Ich habe dir am Freitagabend von seinen Nöten erzählt, du erinnerst dich sicher, der homophile Priester ...«

Jetzt wußte ich Bescheid, mir lief es kalt den Rücken runter. Plötzlich fröstelte ich im Wasser. Naomi rief von irgendwoher: »Na, wer war's?«

Ich zog mich mühsam auf das stark erhitzte Bootsheck hoch. Bevor ich dort anbackte, machte ich einen Satz auf einen der beiden hölzernen Steuersitze.

»Was ist denn mit ihm passiert?« stotterte ich endlich ins Gerät hinein.

»Selbstmord. Er hat sich von der Kylltalbrücke gestürzt.«

Ich schluckte. Die Brücke ist in der Mitte bestimmt 90 Meter hoch.

»Es ist wahrscheinlich in der vergangenen Nacht passiert. Autofahrer haben ihn heute vormittag auf dem kleinen Parkplatz gefunden, der sich unter der Brücke befindet. Sie haben mich angerufen wegen der Identifizierung. Er sah nicht schön aus. Ich habe noch nie einen so zugerichteten Menschen gesehen.«

Ich wußte nicht, was ich antworten, was ich fragen sollte. Ich wußte nur eins, Pater Ternes kämpfte mit den Tränen.

»Meinst du, es hängt mit der Erpressung zusammen, von der er dir berichtet hat?« fragte ich schließlich, nur um überhaupt etwas von mir zu geben.

»Auch. Ich möchte dich jetzt nicht weiter aufhalten. Ich würde mich freuen, wenn du heute Abend eine Stunde Zeit für mich hättest. Es gibt noch eine weitere dicke Überraschung.«

Wir vereinbarten 20 Uhr, in seinem Büro.

Naomi war inzwischen ebenfalls an den Bootsrand herangeschwommen und mußte die Blässe in meinem Gesicht bemerkt haben.

»Ist dir übel, Matz? Was ist los? Bitte, sags mir doch!«

Sie war in ernster Sorge um mich. Ich erzählte ihr, was passiert war. Auch ihr verging die Lust am Baden. Ich zog sie zu mir ins Boot. Wir lagen uns eine geraume Zeit sprachlos in den Armen. Als Sonne und Wind uns abgetrocknet hatten, setzten wir unsere Fahrt langsam fort, in Richtung Anlegestelle, zum Steg des Bootsverleihs.

Oben auf der Restaurant-Terrasse bestellten wir uns zwei Kännchen Kaffee.

»Pater Ternes sagte, es gebe noch weitere Neuigkeiten. Ich glaube, da ist was in Bewegung geraten. Die nächsten Tage werden sehr spannend werden.«

»Matz, ich habe nur eine Bitte an Dich: versuche jetzt nicht wieder, mich aus der Sache herauszuhalten. Ich möchte weiter dabei bleiben. Was mich angeht, trage ich das Risiko, klar?«

Da hatten wir den Salat. Hätte ich ihr doch nie was davon erzählt! Ich hätte mich in der Arsch beißen können. Am besten hätte ich damals sofort aufgehört mit der ehrenamtlichen Tätigkeit für die Zeitung, damals, als ich Naomi kennengelernt hatte. Ich war ja wirklich lange genug dabei gewesen, über zehn Jahre. Es wurde langsam Zeit, daß Jüngere den Laden übernahmen. Aber was half das. Ich hatte sie da hineingezogen, und sie hatte sich wie eine Wahnsinnige darin verbissen. Ich hätte es wissen müssen, hinter ihrer exotischen Fassade steckte ein moselländischer Dickkopf! Von wegen locker-flockiger-afro-karibischer-immer-bester-Laune-Typ! Das Klischee war zerplatzt wie eine Seifenblase in der Sonne. Ich muß zugeben, ich tat mich damals äußerst schwer damit, Naomis eigenen Willen zu akzeptieren, was diese Sache anging.

Als wir die Kaffeepause schweigend beendet hatten, zogen wir uns in den Umkleidekabinen wieder die Klamotten an, in denen wir angereist waren. Für uns war der Ausflug zu Ende. Wir packten unsere Sachen, verstauten sie auf dem Rücksitz und fuhren zurück in Richtung Trier. Ich erzählte Naomi unterwegs von der ›Dicken Buche‹ von Oberzerf. Als Liebhaberin alter Bäume bestand sie trotz der trüben Grundstimmung darauf, die Rotbuche kennenzulernen.

Wir ließen das Fahrzeug am Waldrand stehen und fanden die weit und breit mächtigste Hunsrückbuche auf einer Lichtung, ein kleines Stück oberhalb eines Feuerlöschteichs.

»Welch ein Prachtexemplar!« staunte Naomi. »Schön, daß du mich hierhin geführt hast, Matz.«

Wir küßten uns im dunklen Schatten des vitalen, tief bekronten Baumes. Anschließend sonnten wir uns auf dem dünnen, moosdurchsetzten Gras der Lichtung, ließen das Gezwitscher von Rotkelchen, Blaumeise und Trauerschnepper auf uns herabtropfen, hörten dem Rauschen der Buchenblätter und dem Reiben und Klappern der Fichtenäste zu, duldeten, daß durch unsere Anwesenheit verwirrte Waldameisen über uns stiegen – und wer weiß, was jetzt noch alles passiert wäre, wenn wir nicht vor einer Stunde mit einer Horrormeldung konfrontiert worden wären.

10. Der Brief

Nachdem wir uns neu in Schale geworfen hatten, wollten wir losfahren zu Pater Ternes. Wir waren knapp mit der Zeit. An der Haustür kam uns Fritz Erdmann entgegen, er war vermutlich wieder auf einer Vernissage gewesen, denn zum einen roch er nach Alkohol, und zum anderen wußte er schon das Neueste.

»Himmel, tu dich auf! Wat meint ihr, wat passiert is? Unser Pater Gundermann ist tot, mausetot! Unner der Biewerbrück hansen gefunn. Mausetot! Herrgott noch mal, wat fürn Leid!«

Erdmann hatte den jungen Pfarrer vor einem Jahr persönlich kennengelernt, als dieser für einige Wochen den erkrankten Pastor seiner (und meiner) Pfarrei Christ-König vertreten hatte.

»Und wat war dat für ein patenter Mann!« flennte Erdmann weiter. Wieder hatte ihn ein doppelter Schicksalsschlag binnen weniger Tage getroffen, genau wie vor fünf Jahren, als seine Frau an Krebs gestorben und zwei Wochen später eine seiner beiden Töchter einem Autounfall zum Opfer gefallen war.

»Nä, nä, nä! Versteh einer noch die Welt!«

Ich erklärte ihm, daß wir schon über die Tragödie informiert waren, dann stiegen wir auf die Räder und rollten in Richtung Stadtzentrum davon. Obwohl die Sonne längst hinter dem Mohrenkopf verschwunden war, umgab uns eine sommerlich warme Luft, die von einer leichten Schwüle durchsetzt war. An der Römerbrücke nötigte ich Naomi zu einem kurz Zwischenstopp am Brückensnack. Mein Magen knurrte gewaltig. Obwohl ich kein Fast-Food-Fan bin, gehörte ich doch zur Laufkundschaft dieser Pommesbude. Diesmal genehmigte ich mir neben den obligatorischen Fritten mit Majo zusätzlich eine Portion Gulasch. Naomi verzog keine Miene, aber ich wußte, daß sie mein Abendmenü gräßlich fand. Sie begnügte sich mit einer heißen Schokolade.

Mit halbstündiger Verspätung kamen wir bei Pater Ternes an. Dieser Mann schien keinen Feierabend zu kennen, geschweige denn freie Wochenenden, Abfeiern von Überstunden, Urlaub und dergleichen Vergünstigungen normaler Arbeitnehmer.

Ich fragte, ob er etwas dagegen habe, daß Naomi bei dem Gespräch dabei wäre.

»Schön, daß Sie mitgekommen sind, Frau Beilstein«, sagte er, »aber ich weiß nicht, ob das was für Sie ist.«

»Keine Sorge, Pater Ternes, mich wirft so schnell nichts um, das können sie mir getrost glauben.«

»Na, denn.«

Peter Ternes schilderte uns die Einzelheiten des grausigen Funds vom Vormittag.

»Der Fahrer des Fahrzeugs, der ihn entdeckt hatte, mußte sich wegen eines Schocks in ärztliche Behandlung begeben.«

»Das kann ich gut verstehen«, sagte ich. »Und was sagt die Polizei? Wissen sie von der Erpressung?«

Pater Ternes wurde jetzt nachdenklich, er blickte einen Augenblick an die stuckverzierte Zimmerdecke seines Büros. Die dadurch entstande Pause lastete wie Blei auf uns dreien. Ich glaubte zu spüren, daß etwas Ungeheuerliches in der Luft lag, daß Peter Ternes über einer Sache brütete, die alles vorher Gesagte in den Schatten stellen würde.

»Ihr müßt wissen, Gundermann hat ein Geständnis hinterlassen. Er ist der Mörder, er war es.«

Ich verstand die Dimension dieser Aussage nicht sofort.

»Ich denke, es ist doch klar, daß es Selbstmord war?«

»Das meine ich nicht, Matz. Sich hat er selbst umgebracht, das stimmt. Aber Jasmine, Jasmine Pereira, die Brasilianerin, die Prostituierte, den Mord an ihr, den hat er gestanden, der Gundermann!«

Naomi und ich blickten uns an. Waren wir im falschen Film? Das konnte doch nur eine Falschmeldung sein.

»Ich konnte es selbst nicht glauben, aber ich habe es schriftlich. Hier, lest selbst.«

Er reichte uns ein Schriftstück, drei Seiten DIN A 4, eine saubere Milchbübchen-Handschrift. Ich bemerkte, daß meine Hände zitterten, als wir zu lesen begannen.

Mein Vermächtnis,
für Pater Ternes, zu treuen Händen.

Das Unheil hat mich ereilt. Ich habe schwere Schuld auf mich geladen, doppelte Schuld. Ich bin bereit zu büßen, für die Todsünde, die ich begangen habe. Die Hölle wartet auf mich, es gibt kein Entrinnen. Ich werde nicht länger zögern, ich werde ihrem Ruf folgen. So ist es das Beste. Ja, ich bin ein Mörder. Ich habe es getan, Pater Ternes, ich war es, ich habe sie umgebracht, die schwarze Frau aus dem Freudenhaus. Sie war unschuldig, sie hat mir nichts getan. Nicht einmal ihren Namen kannte ich, erst aus der Zeitung habe ich ihn erfahren, als alles schon zu spät war. Ich bin schuldig, nicht um Verzeihung bitte ich, nur um ein Gebet ...

Nach diesem bitteren Geständnis folgten ein paar Sätze über den moralischen Konflikt, den er wegen seiner Sexualität auszutragen hatte. Er outete seinen Freund, Kurt Knapp, zu allem Übel auch noch Hausmeister des Eros-Centers. Schließlich das ernüchternde Urteil:

Ich hätte nie Priester werden dürfen, nie, niemals!

Bevor ich auf die letzte Seite umblätterte, sah ich auf Pater Ternes, der regungslos am Tisch saß.

»Warum«, fragte ich, »warum hat er das getan?«

»Lies nur weiter, dann weißt du alles!« sagte er nur.

Tatsächlich folgte die Begründung schwarz auf weiß. Gundermann erwähnte die Erpressung, der er seit Wochen ausgesetzt war. Er nannte einen Namen, einen Mann namens Dr. Pauli, der ihn häufig angerufen habe,

Der war es, der hat mich dazu gebracht!

Als ich zu Ende gelesen hatte, war ich angefüllt von einer stillen Wut, Naomi erging es ähnlich, sie saß da wie versteinert.

»Ja, meine Lieben, so etwas kann passieren, wenn man gezwungen wird, vor sich selbst wegzulaufen, sich selbst zu verleugnen«, sagte Ternes, der jetzt wieder auftaute. »Dieser Kurt Knapp, offenbar Gundermanns Freund, ist nicht identisch mit dem Übeltäter, der sich Dr. Pauli nannte. Davon bin ich überzeugt.«

»Aber wieso könnte es der Herr Knapp nicht gewesen sein?« fragte sich Naomi. »Der ist ja immerhin der Hausmeister des Puffs.«

»Der Knapp ist bestimmt nur eine kleine Nummer in dem Betrieb. Klar, man könnte ihn zu der Erpressung gedrängt haben. Aber warum sollte man dies riskieren? Der war ja unersetzlich als Liebhaber von Dieter Gundermann, den durfte man nicht aufs Spiel setzen, wenn man nicht die ganze Beziehung gefährden wollte. Sie war ja das Herzstück, das die Erpressung erst möglich machte. Gundermann schreibt ja selbst, daß er seinen Freund Kurt Knapp für einen guten Menschen hält. Nein, das hat einer aus dem Hintergrund geschickt gesteuert. Nur eines ist richtig: wer auch immer es war, er muß um die Affäre Gundermanns mit Knapp bestens Bescheid gewußt haben. Es muß ein Insider gewesen sein. Normalerweise eine Rolle, die dem Hermsdorf auf den Leib geschneidert wäre.«

»Was heißt wäre? Glaubst du nicht, daß er das aus der Zelle heraus lanciert haben könnte?«

»Ich kann mir das beim besten Willen nicht vorstellen. Ich weigere mich zu glauben, daß Günter Hermsdorf tagtäglich ungehindert und ungestört mit Gundermann telefonieren konnte. Nein, soviel Vertrauen in die Justizverwaltung habe ich noch.«

»Mag sein, daß es nicht einfach war, aber mit der notwendigen Kohle ...«

»Glaub ich nicht, Matz. Der hat das sicherlich angeleiert, das bestimmt. Aber dieser Dr. Pauli muß jemand anderes sein. »

»Ein Strohmann?«

»Wie auch immer, es muß ein Vertrauter von Hermsdorf sein.«

Bevor ich es tun konnte, kam Naomi auf die eingangs schon einmal gestellte Frage zurück: »Haben Sie schon die Polizei informiert, Herr Pater? Wegen der Erpressung, wegen dieses Briefes?«

Ternes biß sich auf die Unterlippe.

»Ehrlich gesagt, nein, habe ich noch nicht. Mag sein, daß ich mich damit strafbar gemacht habe, ich weiß es nicht. Ich wollte zuerst mit Matz darüber sprechen. Nun seid ihr beide da, ihr dürft mir einen Rat geben, bitte.«

Mir war nicht wohl in meiner Haut.

»Wie bist du eigentlich an dieses Schriftstück gekommen, Peter?« Ich versuchte, ein wenig abzulenken, ich brauchte Bedenkzeit.

»Wenn ich euch das erzähle, sagte ihr mir wieder, das ist ein Märchen. Aber es ist nichts als die reine Wahheit, ein Märchen, das niemand erfinden würde. Als heute Mittag dieses Telefon dort auf meinem Schreibtisch klingelte und die Kriminalpolizei mich aufforderte, in die Pathologie des Brüderkrankenhauses zu kommen, fand ich den Briefumschlag im Hausflur. Er war vermutlich in der letzten Nacht unter der Haustür durchgeschoben worden.«

»Nur der Vollständigkeit halber: bist du sicher, daß der Brief echt ist, daß er von Gundermann stammt?«

»Zweifellos ist es seine Schrift«, sagte Ternes.

»Dann werden wir es dem Breitkreuz spätestens morgen früh sagen müssen«, entschied ich. »Schließlich ermittelt der auf völlig falscher Fährte. Sie machen dem armen Teufel, den sie festgenommen haben, die Hölle heiß. Der Haftprüfungstermin findet morgen vormittag statt.«

»Moment mal, Matz«, mischte sich Naomi ein. »Wie wär's, wenn wir dem Staatsanwalt ein Geschäft vorschlagen?«

»Was für ein Geschäft?« wollte Ternes wissen.

Ich sah es kommen, das Damoklesschwert schwebte über mir. Naomi weihte den Priester in ihre fixe Idee ein, für ein paar Tage in den Puff einzuziehen, um an Insiderinformationen heranzukommen.

»Das ist ja jetzt noch wichtiger als je zuvor«, behauptete sie, und sie setzte alles daran, uns für ihren Plan zu begeistern. »Und den Staatsanwalt können wir doch einbeziehen, er darf das wissen. Mir geht es um die Sache, um die Aufklärung dieser Verbrechen. Wir schlagen dem Breitkreuz einen Deal vor: er bekommt von uns das Geständnis von Gundermann, womit wir ihm helfen, den einen Fall aufzulösen. Und als Gegenleistung besorgt er mir die notwendigen Papiere. Ich möchte als Westafrikanerin dort ›arbeiten‹.«

Diese Frau ist verrückt, davon war ich jetzt überzeugt. Pater Ternes reagierte nicht gerade euphorisch auf die geplante Under-cover-Aktion Naomis. Aber ich wußte, daß ihr das so schnell kein Mensch auf der Welt würde ausreden können. Der einzige, der sie stoppen könnte, wäre wohl Breitkreuz. Deshalb war ich ganz froh, daß Naomi ihn von sich aus ins Spiel gebracht hatte. Er würde sie bestimmt auf den Boden der Realität zurückbringen.

»Aber Frau Beilstein, sehen Sie sich an, sie sind eine hübsche junge Frau. Sie wollen doch nicht Ihre Gesundheit aufs Spiel setzen, Sie wollen doch nicht Ihr Leben riskieren, oder?«

Pater Ternes redete ihr ins Gewissen, doch ich wußte, daß er auf Granit beißen würde.

»Gut, Leute, wir kommen so nicht weiter«, sagte ich schließlich. »Die entscheidende Frage ist doch, wie gehen wir mit diesem Schriftstück um? Es muß unbedingt bis morgen vormittag, zehn Uhr, beim Landgericht vorliegen, damit der Verdächtige freikommen kann. Ich schlage deshalb vor, Pater Ternes spricht morgen sofort nach Dienstbeginn mit dem Staatsanwalt.«

Naomi schmeckte das gar nicht, das war klar.

»Nein, bitte überlegt doch mal. Damit würden wir die Sache verschenken. Ich bitte euch, laßt mich das machen. Ich rufe dort an und verhandele mit Breitkreuz. Ich will diesen Handel machen. Ich werde erreichen, daß er sich darauf einläßt. Er muß das einfach tun.«

»Naomi, sei doch bitte vernünftig. Du bringst Pater Ternes in Teufels Küche. Er ist der Adressat des Briefes, er muß ihn weiterleiten ...«

»Papperlapp, Matz. Du glaubst doch selbst nicht, was du sagst. Informationen sind heute ein knallhartes Geschäft, und das juristische Gerangel um Schuld und Unschuld ist genauso ein Geschäft. Wer etwas gibt, kann auch eine Gegenleistung verlangen. So einfach regeln sich die Dinge.«

Ich machte völlig neue Eigenschaften an meiner Freundin aus. So langsam machte sie mir Angst.

»Mensch, was seid ihr für Männer«, redete sie uns weiter ins Gewissen. »Könnt ihr nicht akzeptieren, daß eine Frau auch mal einen guten Plan hat und damit erfolgreich sein will? Denkt ihr denn immer noch, die Welt drehe sich nur um den ›Herrn der Schöpfung‹? Warum traut ihr mir nichts zu? Warum meint ihr, ihr wüßtet am besten, was gut und was schlecht ist für mich? Gebt euch einen Ruck und laßt mich das machen. Es ist schon schlimm genug, daß ich darum betteln muß.«

Naomi hatte uns den Spiegel vorgehalten, sie hatte uns unseren altertümlichen Machismo ordentlich um die Ohren geschlagen. Nicht schlecht gemacht, sie wollte den Sieg auf der ganzen Linie.

Der Menschenkenner Ternes mußte einsehen, daß er im wahrsten Sinne des Wortes mit seinem Latein am Ende war.

Mein Widerstand war längst gebrochen, als ich gegen Mitternacht an der Seite von Naomi nach Hause radelte. Mit ihrem Triumphgezwitscher, das sie in den lauen Nachthimmel gellen ließ, brachte sie sogar die Nachtigallen entlang der Strecke vorübergehend zum Schweigen.

Wir hatten uns gerade unter den dünnen Leintüchern ausgestreckt, als draußen ein schwerer Regen einsetzte. Das gekippte Schlafzimmerfenster ließ das kräftige Getrommel der Wassertropfen auf das Dach der Gartenlaube an unsere Ohren dringen. Ich spürte Naomis Hand meinen schlappen Penis umfassen. Was hatte diese Frau für eine Energie! Ich wurde zum Spielball ihrer unbändigen Kraft, ich hielt mich an ihr fest und spürte bald ihren heißen Atem, der meine

Ohren zu verbrennen drohte. Sie kam mit Macht, als wir bald ineinander zerflossen.

11. Der Deal

Um sieben Uhr früh regnete es noch immer, Naomi stand unter der Dusche, ich lag im Bett und zwischen meinen Beinen spürte ich diffuse Gliedschmerzen. ›Jetzt mußt du aufpassen, daß du nicht vor die Hunde gehst‹, dachte ich, als ich die Ereignisse des Sonntags Revue passieren ließ.

»Matz, hast du irgendwo einen Schirm?« rief Naomi von der Tür her.

Ich rieb mir die Augen, dann sah ich sie da stehen, in voller Montur, ausgehfertig.

»Einen Schirm? Wo willst du denn hin, Naomi?«

»In die Bäckerei, frische Brötchen besorgen«, sagte sie. »Bin gleich wieder zurück. Du darfst solange noch faulenzen.«

Meiner Erinnerung nach besaß ich einen schwarzen Knirps, den ich in der Garderobe aufbewahrte, falls ich ihn nicht in irgendeiner Kneipe hängen gelassen hatte. Ihr kleiner Abschiedskuß schmeckte nach Ringelblumen-Zahncreme, meiner nach Alte-Männer-Muff. Schnell wie eine Gazelle entwischte sie ins Treppenhaus.

Kurz nach acht – wir hatten gerade fertig gefrühstückt – hing sie am Telefon. Da ich heute die ersten beiden Stunden frei hatte, konnte ich wenigstens als stummer Zeuge ihren Verhandlungen beiwohnen. Schon hatte sie Breitkreuz an der Strippe, ich stellte den Lautsprecher an.

»Frau Beilstein? Nein, ist mir kein Begriff.«

»Ich bin die Lebensgefährtin von Herrn Mendgen« (ach, soweit sind wir also schon, staunte ich), »dem Redakteur der Anderen Zeitung. Den kennen Sie doch bestimmt?«

»Mendgen? ... Ja, natürlich, jetzt bin ich im Bilde. Womit kann ich Ihnen dienen, Frau Beilstein?«

Ich saß auf heißen Kohlen in der Ecke und mußte tatenlos mit anhören, wie Naomi versuchte, den Oberstaatsanwalt einzuwickeln. Doch der war nicht auf den Kopf gefallen, er verlangte Beweise für Naomis Behauptung, sie kenne den Mörder der Brasilianerin. Als Breitkreuz auf einen sofortigen Termin drängte, hatte Naomi ihn bereits an der Leine. Sie wußte, daß Pater Ternes heute morgen in seinem Büro zur Verfügung stehen würde. Also vereinbarte sie den Treff für neun Uhr, bei Ternes. Mein Unterricht begann um halb zehn, also könnte ich zumindest zu Beginn dabei sein. Naomi hatte nichts dagegen einzuwenden. Längst hatte sie das Heft in der Hand. Sie war unwiderstehlich.

Breitkreuz war ganz heiß auf die Informationen von Pater Ternes. Der wiederum hatte sich inzwischen schlau gemacht und wußte, daß Gundermanns Nachlaß, wenn nicht unter das Briefgeheimnis, so doch unter die priesterliche Schweigepflicht fiel. Er, Ternes, wäre also nicht verpflichtet, den Text an die staatlichen Vollstreckungsorgane weiterzugeben. Naomi sah ihre Aktien beträchtlich steigen. Zur Realisierung ihres Plans wäre sie allerdings auf die Unterstützung von Pater Ternes angewiesen. Was das Briefgeheimnis anging, hatte er ja längst dagegen verstoßen. Nachdem prinzipiell über die Rechtslage Einigung herrschte, drängte Breitkreuz auf die Entscheidung.

»Frau Beilstein, was Ihr Ansinnen betrifft, das Sie mir telefonisch angetragen haben, so darf ich Ihnen sagen, das regeln wir unter vier Augen. Haben Sie bitte Verständnis dafür, daß dies nicht in diesem Kreise zu machen ist. Das könnte mich um Kopf und Kragen bringen. Aber Sie haben mein Wort, werte Frau, daß Sie von mir jede erforderliche Hilfe erhalten, die ich vertreten kann. Ich hätte aber jetzt die Bitte, daß Sie mir das versprochene, belastende Material aushändigen.«

Naomi schaute Pater Ternes an, der blickte auf mich. Ich konnte mir denken, was in ihm vorging. Ich machte keine Anstalten, Naomis Initiative zu blockieren.

Nachdem der Priester sich davon überzeugt hatte, daß niemand Einwände erhob, öffnete er die Mappe, die vor ihm auf dem Tisch lag, nahm Gundermanns Brief heraus und reichte ihn wortlos an Breitkreuz weiter. Dieser überflog ihn in aller Kürze und sagte nur: »Danke, meine Dame, danke, meine Herren. Ich denke, das wird uns ein Stück weit nach vorne bringen.«

»Ich habe nur eine Bitte, Herr Staatsanwalt: garantieren Sie mir, daß der Brief vorläufig nicht an die Öffentlichkeit gelangt. Zumindest nicht bis zur Beerdigung von Pastor Gundermann.«

»Ich denke, das wird sich einrichten lassen, Herr Ternes.«

Zur dritten Stunde schlüpfte ich in die Rolle des Französischlehrers; ich muß zugeben, es gelang mir nur sehr unvollkommen. Die Vorstellung, daß Naomi zur selben Zeit im Büro von Breitkreuz saß, dem Chef der Trierer Staatsanwaltschaft, verursachte mir einen bunten Cocktail an Schwindelgefühlen und Wahnvorstellungen. Ich war davon überzeugt, daß er sie über den Tisch ziehen, daß er sie schamlos ausbeuten würde, nur um sein Ding zu machen, um selbst gut dazustehen als der erfolgreiche Verbrecherjäger, dem alle Mittel recht sein mußten, um ans Ziel zu kommen. Würde er gar über Leichen gehen? Stimmte diese Einschätzung? Entsprach es der Realität, was ich mir einbildete? Ich war wie in Trance, während ich mit einer sechsten Klasse die Bildung des ›futur simple‹ wiederholte.

Als ich gegen halb zwei mit dem Bus nach Hause kam, lag ein Zettel auf dem Küchentisch.

Lieber Schatz! Bin an der Uni. Habe mit Breitkreuz Einigung erreicht. Alles weitere später.
Kuß Naomi.

Ich bemühte mich, nicht darüber zu grübeln, was diese Einigung bedeuten mochte. Ich warf einen Blick in den *Volksfreund*. Da stand nur eine winzige Notiz über den tragischen Tod des Pfarrers. Wenn die wüßten, was alles noch darauf wartete, ans Licht gebracht zu werden! Und wie ging's mir als AZ-Journalist? Ich befand mich in der Klemme. Bis morgen nachmittag sollte mein Artikel fertig sein. Doch was würde darin zu lesen sein? Wie sollte ich mit dem Wunsch von Pater Ternes umgehen, das Gundermann-Vermächtnis vorerst auszublenden? Was blieb mir dann noch übrig? Nichts als ein verlogener, in die Irre leitender Zeitungsartikel, der am besten nie geschrieben würde. Unter den Teppich schauen, die Mauern des Schweigens aufbrechen, Skandale und Affären aufdecken, das war es, was mich bei dieser Tätigkeit reizte. Und da hatte ich den schönsten Stoff, und ich sollte nichts daraus machen dürfen. Es war ein Jammer!

Ich warf mich auf die Couch im Wohnzimmer, konnte aber nicht einschlafen. Draußen hatte es aufgehört zu regnen, aber es war deutlich abgekühlt, frische Luftmassen waren von der Nordsee her ins Land geschwappt. Tat ganz gut, nach der Hitze der vergangenen Woche.

Das Surren des Telefons schreckte mich auf. Es war Norbert Feuerkopf, unser Layouter.

»Na, schon Feierabend, altes Haus?«

Er war gut drauf, wie immer. Aber was fiel dem ein, mich in der Mittagsruhe zu stören? Ich hätte den Anrufbeantworter eingeschaltet lassen sollen.

»Nein, nichts Besonderes. Du erinnerst dich an die heiße Schnitte, von der ich dir am Freitagabend erzählt habe. Die Afro-Frau, die sich hier bei mir eingenistet hat. Eigenartigen Männerbesuch bekommt die. Wenn mich nicht alles täuscht, sah ich gestern abend den Bullen aus ihrer Wohnung herauskommen, der mich letztens in der Fleischstraße zusammengeschissen hatte, weil ich dort mit dem Rad gefahren war. ›Runter mit Ihnen‹, hat er mich angebellt, ›das hier ist Fußgängerzone‹.«

Es gibt einfach zu viele Zufälle in dieser Welt, dachte ich mir. Es läuft doch nicht alles nach einem festen Plan ab, oder? Sollte ich Norbert die Wahrheit über Maria Tonga erzählen? Ihn einweihen? Würde ein Saarländer etwas für sich behalten können? Ich hatte meine Zweifel. Deshalb wartete ich vorläufig ab. Für Mittwoch war der nächste Verhandlungstermin im Verfahren gegen Hermsdorf angesetzt, vielleicht würde die Frau dann aussagen. Unmittelbar danach könnte sie die Stadt verlassen, und Breitkreuz müßte dafür sorgen, daß sie irgendwo neu anfangen konnte. Rechtsanwalt Zimmer hatte einen Plan ausgeheckt, nach dem ihr eine Rückkehr nach Ghana ermöglicht werden sollte, wo sie ein kleines Geschäft eröffnen könnte. Dort wäre sie relativ sicher vor der Verfolgung durch Hermsdorfs Rächer.

Aber noch war sie in der Stadt, und noch bestand akute Lebensgefahr für sie.

»Ich dachte, du wolltest deine Fühler ausstrecken, oder hatte ich das falsch verstanden, Norbert?«

»Gut Ding will Weile haben. Wenn die es mit dem Bullen treibt, halt ich mich lieber raus.«

»Norbert, ist dir eigentlich bewußt, daß du mich in letzter Zeit ziemlich häufig beim Mittagsschlaf störst?«

»Schon gut, schon gut, Matz. Ehrlich gesagt, war mir nicht so bewußt. Na, dann schlaf noch ne Runde. Wir sehen uns ja heute abend. Tschöhö.«

»Tschö.«

Mit Ausruhen war nichts mehr. Ich hätte jetzt gerne gewußt, wie der Haftprüfungstermin heute früh ausgegangen war. Offenbar war noch keine Nachricht im AZ-Büro eingegangen, sonst hätte Norbert sicherlich etwas gesagt. Gegen meine sonstige Gepflogenheit stellte ich Radio RPR ein, die bringen regelmäßig Lokalnachrichten. Ich hatte Glück, nach zwei, drei Musiktiteln brachten sie tatsächlich die Entscheidung als Sondermeldung:

»Der Untersuchungshäftling, der im Verdacht stand, die brasilianische Prostituierte Jasmine Pereira umgebracht zu haben, befindet sich seit heute Mittag wieder auf freiem Fuß. Über seine Identität wurde nichts mitgeteilt. Nach Auskunft des Landgerichts besteht kein dringender Tatverdacht mehr gegen den jungen Mann. Die Mordkommission im Fall Pereira steht nun mit leeren Händen da. Wir bemühen uns zur Zeit intensiv um ein Gespräch mit dem Leitenden Staatsanwalt. Wir werden Sie auf dem Laufenden halten.«

Keine Silbe zum Todesfall Gundermann, die Leiche vom Vortag war für den Sender schon Schnee von gestern. Immerhin, Breitkreuz schien sich an die Abmachung mit Pater Ternes zu halten, kein Wort über das schriftliche Geständnis. Gegenüber der Presse war er damit in einem Dilemma. Es würden irgendwann Fragen nach seinen Fähigkeiten als Ermittler gestellt werden. Dann müßte sich zeigen, wie lange er das Versteckspiel mitmachen würde. Gerade jetzt, nach seiner Beförderung zum Chefermittler in der Moselstadt, käme ihm ein spektakulärer Erfolg sehr gelegen.

Lustlos bastelte ich an meinem Artikel für die AZ, ich fühlte mich so, als kaute ich auf einem zähen, unverdaulichen Beefsteak herum. Es war frustrierend.

Ich war erleichtert, als ich Erdmanns Quieken hörte, mit dem er von unten zum Vier-Uhr-Kaffee rief, eine alte Tradition aus seinem früheren Haushalt, die er auch als Solist weiterhin pflegte. Gelegentlich ließ ich mich nicht zweimal bitten. Unwirsch reagierte der Alte, wenn ich Zeitmangel vorschob.

»Was, ihr Lehrer habt keine Zeit mehr für eine Kaffeepause? Da müßt ja eine Revolution stattgefunden haben«, sagte er mir einmal, als ich wirklich im Streß war. Für ihn eine völlig unmögliche Vorstellung.

»Du machst dich in letzter Zeit ziemlich rar, Matz, und spitz biste geworden im Gesicht. Ja, ja, mit den jungen Frauen macht man wat mit.«

Er mußte es ja wissen, der alte Geilfuß. Hätte mich interessiert, ob er wieder 'ne Neue hatte. Ich würde mich bei Gelegenheit einmal danach erkundigen.

»Dat hat ja mein Großvatter schon gesagt: ›Junge Frau, altes Haus – und dir geht die Arbeit niemals aus‹.«

Ich stand zwar nicht auf diese Art Kolonialzeitwitze, aber wenn Erdmann sie erzählte, fand ichs amüsant, es war stimmig.

Der Kaffee war fertig, sogar Nußecken hatte der Hausherr besorgt. »Die sin jetzt wieder modern in Trier«, sagte er und tunkte die seinige in den Milchkaffee.

»Dieser Regen war Gold wert«, fuhr er schmatzend fort, »et war schon viel zu trocken für diese Zeit.«

Der Garten, die Bienen und das Wetter bestimmten einen Großteil unseres Smalltalks beim Kaffee. Und seit neuestem Naomi, und all die anderen Frauen natürlich.

»Wollt ihr nicht bald zusammenziehen, Matz? Wär dat wat? Ihr wißt ja, ich hab nix dagegen, ihr könnt beide in meinem Haus wohnen. Im Gegenteil, ich dät mich sehr freuen.«

»Danke, Fritz, ich weiß. Aber ganz so eilig haben wir es nicht«, sagte ich. »Wir kennen uns nicht mal zwei volle Monate. Und außerdem, Naomi fliegt demnächst für drei Monate nach Afrika.«

»O, Herrgott, Matz! Dat is aber traurig. Wie hälste dat denn aus, so ganz allein? Jetzt, wo ihr euch so gut versteht?«

»Ganz einfach, Fritz, ich flieg mit.«

Aus den Augen des 80jährigen blitze die nackte Angst heraus, ich mußte ihn sehr erschreckt haben.

»Aber beruhige dich, Fritz, ich bleibe nur vier Wochen. Ich bin schnell wieder zurück.«

»Also, so wat, Matz! Ich dacht, mich trifft der Schlag. Dat hätt' ich aber nicht gedacht, dat ihr mich alten Mann allein hausen laßt. Ihr treulosen Gesellen.«

Ich hatte Fritz Erdmann herb getroffen mit meinen so leicht dahingeworfenen Worten. Er war enttäuscht, das war echt. Ich wußte, daß er Probleme hatte mit der Einsamkeit des Alters. Durch seine zahllosen Besuche aller möglichen und unmöglichen Veranstaltungen in der Stadt überspielte er die Realität ein Stück weit. Echte Freunde hatte er kaum, zumal er sich mit der Nachbarschaft wegen der Bienenhaltung in seiner kauzigen Art überworfen hatte. Es war sogar zu einem Prozeß gekommen, in dem Erdmann per Kompromiß das Recht zugebilligt wurde, zwei Völker in seinem Areal zu halten, anstatt acht oder zehn, wie er es geplant hatte. Dennoch, es war mir überhaupt nicht bewußt geworden, wie sehr er sich in letzter Zeit an mich klammerte. Das Altwerden in unserer Gesellschaft war kein Zuckerschlecken.

Ich verbrachte eine gute Stunde in Erdmanns neobarocker guter Stube. Seine Einrichtung, die schweren, dunklen, belgischen Eichenmöbel, auf die er so stolz war, war alles andere als mein Geschmack. Ich kannte das von meinem Elternhaus, als Jugendlicher war es mein sehnlichster Wunsch gewesen, der erdrückenden Schwere dieser Massivmöbel zu entfliehen. Nun empfand ich schon etwas Nostalgisches daran, jeder Besuch in Erdmanns Reich war für mich eine kleine Rückkehr in die Kindheit. Außerdem war mein Vater nur ein Jahr jünger als er, dieselbe Generation, in vielem ähnlich. Bei Erdmann hatte ich nur einen Vorteil, ich konnte mich jederzeit zurückziehen, ich brauchte keine Kämpfe auszuführen, ich war nicht der ewige Sohn. Aber ich mußte mehr darauf achten, daß die Grenzen sich nicht verwischten.

Gegen fünf kam Naomi. Erdmann bot ihr an, neuen Kaffee aufzubrühen. Aber sie lehnte dankend ab. Ihre Ankunft befreite mich von düsteren Gedanken, ich hatte den ganzen nachmittag auf diese Erlösung gewartet. Alle anderen Tätigkeiten waren Alibihandlungen gewesen. Ich mußte sie sehen, mit ihr sprechen, ich wollte erfahren, wie sie mit Breitkreuz verblieben war.

Sie strahlte übers ganze Gesicht.

»Es hat geklappt, Matz. Stell dir vor, der Oberstaatsanwalt arbeitet mit mir zusammen. Und auch du wirst davon profitieren, mein Schatz. Sieh mal, ich hab' schon den Ausweis.«

Sie hielt mir einen nigerianischen Reisepaß unter die Nase mit einem Drei-Monate-Visum für Deutschland und Schengen-EU. Alles perfekt gefälscht. Der Paß war auf Grace Babandula ausgestellt, geb. am 30.6.69 in Yaruba. Und das tollste war das Foto. Naomis Portrait im Rastalook war in den

Paß eingeschweißt, sogar ein solider Einreisestempel vom Bundesgrenzschutz war drin.

»Das darf doch nicht wahr sein«, mäkelte ich, als ich mir das Meisterstück der Fälschung von allen Seiten betrachtet hatte. »Wo bekommt man denn sowas auf die Schnelle?«

»Gute deutsche Wertarbeit, Matz. Wer tagtäglich mit Kriminellen zu tun hat, muß schließlich was vom Fach verstehen. Ist doch logisch, oder?«

Ich war erstaunt darüber, zu was sich Breitkreuz hergab. Das war kein Pappenstiel. Das waren handfeste Straftatbestände. Im Normalfall.

»Er hat mir das Zeug nicht ganz umsonst gegeben. Ich mußte diesen Vertrag unterschreiben.«

Sie kramte ein Schriftstück aus ihrem Rucksack hervor, den sie immer an die Uni mitschleppte. Ich war perplex, als ich das Papier gelesen hatte.

»Weißt du, was das bedeutet, Naomi? Du wirst als Bulle geführt ...«

»Politesse, bitte«, unterbrach sie mich. »Das mußte ich leider auf mich nehmen, quasi meine Gegenleistung für den Deal.«

»Ich dachte, die hätte darin bestanden, daß du ihm den Brief von Gundermann vermittelt hast?«

»Ach, Matz, sei doch nicht so kleinkariert. Das ist ein Geschäft, jeder hat seine Bedingungen, da muß man eben ein wenig feilschen. Wichtig ist doch, was am Ende dabei rauskommt.«

»Das sagt unser Kanzler auch immer.«

»Du alter Miesepeter!«

Ich konnte nicht an mich halten, ich mußte mir einen Schnaps eingießen. Ich kippte den Traubenbrand auf einen Sturz hinunter. Ganz gegen die Vorschrift, alles andere als ein Genuß.

»Und? Wann gedenkst du deinen Dienst anzutreten?«

Ich war total pampig.

»Ach, Matz. So gefällst du mir gar nicht. Akzeptier doch endlich, daß ich eine eigenständige Person bin. Du wirst sehen, am Ende wirst du mir dankbar sein dafür. – Um deine Frage zu beantworten: ab übermorgen. Am Mittwoch nachmittag werde ich anfangen. Breitkreuz hat bereits Frau Hermsdorf über einen V-Mann informieren lassen.«

»Was heißt denn das schon wieder? Was hat denn Frau Hermsdorf mit der Sache zu tun?«

»Reg dich bitte nicht auf, Matz. Tut dir nicht gut. Du weißt doch, das ist die Frau vom Chef. Sie leitet das Haus in seiner Abwesenheit. Sie macht die Mietverträge. Das läuft zur Zeit alles völlig legal ab. Brauchst keine Angst zu haben. Und tu mir einen Gefallen, lach mal wieder. Bitte!«

»Ha, ha, ha.«

Sie hatte mich an einem schwachen Punkt erwischt. Seit Jahren hatte ich mich persönlichen Konflikten mit Frauen immer entzogen. Jetzt war plötzlich alles anders. Reagierte ich deshalb so sauer auf Naomis Aktivitäten, weil ich ihr den Erfolg nicht gönnte? War ich eifersüchtig auf sie?

»Ich entdecke ganz neue Eigenschaften an dir, Matz«, sagte sie. »Wenn du mich nicht so nimmst wie ich bin, dann haben wir ein Problem.«

Ich hatte den Bogen überspannt. Ich mußte klein beigeben, wenn ich es nicht auf eine Zerreißprobe ankommen lassen wollte. Unsere Beziehung stand auf dem Spiel. Ich hing an ihr.

»Okay, okay, Naomi. Du hast recht, ich verhalte mich manchmal kindisch. Natürlich habe ich Respekt vor dir und deinen Entscheidungen.«

»Schon besser, Matz. – Ich hab noch eine kleine Überraschung für dich: wir sind für Freitagabend eingeladen zur

Geburtstagsfete meines Vaters. Er wird 55, eine Schnapszahl.«

Auch das noch! Irgendwann mußte es ja sein, meine erste Vorstellung im Kreise der Familie Beilstein in Kues.

»Freust du dich nicht?«

»Doch, doch, natürlich. Ich möchte ja schon seit längerem deine Familie kennenlernen. Es kommt nur jetzt etwas überraschend. Ich dachte, du wirst die nächsten Tage hier sein ... Ich meine, da, ... in der Luxemburger Straße ...«

»Im Puff, meinst du. Ja, ich werde reingehen. Aber erst am Mittwoch. Breitkreuz zahlt übrigens die Miete für maximal sieben Tage. Und er stellt mir ein Handy zur Verfügung, und zwei Sicherheitsbeamte in Zivil.«

12. Gefährliche Stille

Noch am selben Abend fuhr Naomi nach Kues, wo sie die nächsten beiden Nächte verbringen wollte. Im Verlaufe des Mittwochs würde sie sich wieder mit mir in Verbindung setzen, versprach sie.

Ich selbst machte mich auf den Weg in die Redaktion, meine Stimmungslage schwankte zwischen Buß- und Bettag, als wenn das zwei Tage wären. Für mich war November, mitten im Sommer.

Inzwischen lag ein Fax der Staatsanwaltschaft vor in Sachen Freilassung des verdächtigten Frauenmörders. Der Text hatte einen denkwürdigen Schluß: ›Abschließend teilt die Staatsanwaltschaft mit, daß der Mordfall Pereira unmittelbar vor der Aufklärung steht; nähere Einzelheiten können aus ermittlungstechnischen Gründen zur Zeit nicht mitgeteilt werden.‹

Ich packte die Diskette aus, auf dem mein mühsam zusammengestoppelter Bericht für die neue AZ-Ausgabe abgespeichert war. Klaus Singer hatte Fotos für die Titelseite dabei: Polizisten im Einsatz bei der Verkehrssicherung, Aufnahmen von Polizeipräsidium und Landgericht, verschiedene Fassaden von Bars und Puffs in der Karl-Marx-Straße und der Luxemburger Straße – hinreichend brauchbares Material. Allein, meinem Artikel fehlte jeder Biß, damit wäre niemand hinter dem Ofen hervorzulocken. Es waren einfach zu viele Hindernisse da gewesen, zu viele Gründe, vorsichtig zu sein. Ich war persönlich zu weit in die Sache involviert, als daß ich mich hätte gefahrlos weit aus dem Fenster hängen können. Ich hatte eine totale Blockade im Kopf.

Norbert Feuerkopf dagegen ging es prächtig, er war inmitten des üblichen Redaktionschaos sogar zu Scherzen aufgelegt, wozu er die Bildschirmarbeit jeweils einen Augenblick unterbrach. Als ich ihm meine Diskette zum Kopieren gab, sah er mich herausfordernd an:

»Was siehst du heute so sauertöpfig aus, Matz? Probleme mit der Alten?«

Statt zu antworten wäre ich am liebsten sofort wieder nach Hause gefahren.

Während er meinen Text bearbeitete, sprach Norbert über seine neue Nachbarin, ich hörte aufmerksam zu, ohne es mir anmerken zu lassen.

»Vorhin habe ich erstmals mit ihr gesprochen. Mann, sag ich dir, das ist vielleicht ein steiler Zahn! Sie will mich die nächsten Tage zum Abendessen einladen.«

»Was ist es denn für eine Frau, wie heißt sie, was macht sie in Trier?« kitzelte ich ihn.

»Langsam, Junge, so schnell schießen die Preußen nicht.«

»Ich denke, du bist Saarländer?«

Die übrigen Redakteure, die unser Gespräch mit halbem Ohr verfolgt hatten, lachten gellend. Aber Norbert ließ sich nicht aus dem Konzept bringen.

»Ich sags euch, das ist eine Spitzenfrau! Wenn ich bei der landen kann, dann könnt ihr mich mal hier.« Mit einer unmißverständlichen Bewegung seiner rechten Pranke untermauerte er das Gesagte. Zum Glück waren unsere beiden Frauen im Team noch nicht anwesend, die Machosprüche durften unverschlüsselt bleiben.

»Laßt mich machen, Jungs. Ich bring das schon in flaches Wasser, keine Sorge. Eins sage ich euch, wenn ich den Bullen nochmals bei mir im Hausflur auftauchen sehe, kriegt der von mir eins aufs Maul, aber eine, die sich gewaschen hat. Das garantier ich euch.«

Ich konnte mich eben davor bremsen, ihm aufs Auge zu drücken, daß die Wahrscheinlichkeit recht hoch wäre, daß er den Polizisten erneut zu sehen bekäme; diesen und andere Polizisten.

Dann stöberte ich rein routinemäßig die Post und die Faxe durch, die in den vergangenen Tagen eingegangen waren. Zwischen viel Müll und Nonsens fand ich ein Fax vom Landgericht, gesendet heute morgen um neun Uhr achtzehn. Was? Was las ich da?

Presseinformation des Landgerichts Trier.
Verlegung eines Verhandlungstermins.

Wegen Erkrankung des Vorsitzenden Richters wird die geplante Verhandlung in der Strafsache Hermsdorf, vorgesehen für Mittwoch dieser Woche, auf unbestimmte Zeit verschoben.
gez. Hilmer, Rechtspfleger.

»Hört mal her, Leute. Habt ihr das hier gelesen? Der Prozeß gegen Hermsdorf wird vertagt. Ich sag's euch, da ist was im Busch.«

Ich mußte mich zusammenreißen, fast hätte ich den Fall Gundermannn ausgespuckt. Der Suizid des Priesters war bislang kein Thema in unserer Redaktion gewesen. Logisch, fehlten doch den anderen die Hintergrundinformationen. Dummerweise stand ich im Wort bei Pater Ternes. Eine unvorsichtige Bemerkung von mir hätte außerdem Naomi gefährden können, sofern sie demnächst tatsächlich ihren Job antreten würde. Das Einzige, was ich bedenkenlos ausschlachten konnte, war Steinmanns Aktensammlung über das Eros-Center.

Eine Dreiergruppe der Redaktion hatte inzwischen zwei Titelbildentwürfe entwickelt, ich votierte mit der Mehrheit für die Idee einer Montage, die den ehemaligen Bürgermeister, von dem wir ein historisches Foto im Archiv hatten, wie einen Schutzengel schwebend über dem von ihm legalisierten Etablissement in der Luxemburger Straße zeigte. Frei nach dem Motto: die Geister der Vergangenheit lassen sich nicht vertreiben, sie haben zurückgeschlagen. Klaus Singer erhielt den Auftrag, die Komposition bis Mittwoch reprofähig zu verfeinern.

Gegen elf Uhr löste sich die Chaoskonferenz allmählich auf, wir wollten uns, wie üblich, unten im ›Textorium‹ treffen, um noch einen zu trinken. In der Kneipe herrschte um diese Zeit Hochbetrieb, obwohl es ein gewöhnlicher Wochentag war. Wir gaben unsere Bestellung im Stehen auf, ich orderte ein helles Hefeweizenbier. Die Musik war so laut, daß man sich anschreien mußte, um sich zu verständigen. Als ich gerade die ersten Züge genommen hatte, erkannte ich an einem der Tische, die etwas erhöht auf der Podiumsfläche standen, Rechtsanwalt Zimmer. Er war vertieft in eine Unterhaltung mit zwei jungen Frauen, vermutlich Studentinnen. Als er einen Augenblick aufsah, winkte ich ihm mit der Hand. Er gab mir zu verstehen, daß ich an seinen Tisch kommen solle.

»Hallo Walter, wie läuft's?« begrüßte ich ihn.

Ich setzte mich auf den freien, vierten Stuhl. Er machte mich mit den beiden Frauen bekannt, Nachwuchsjuristinnen, die in seiner Kanzlei hospitierten.

»Habt ihr schon Bescheid, daß der Mittwochtermin ausfällt?« fragte er. Ich nickte.

»Richter Röhlers sei plötzlich erkrankt, sehr komisch. Dabei hatte ich Maria gerade so weit, daß sie aussagen wollte, jetzt, diese Woche. Die Staatsanwaltschaft ist nämlich inzwischen bereit, ihr die notwendigen Garantien zu geben, damit sie sich später eine neue Existenz aufbauen kann. Und jetzt liegt alles auf Eis«, ergänzte er in einem resignativen Ton.

»Was bedeutet das konkret? Wie lange kann so ein Prozeß verschleppt werden, nur weil ein Richter krank ist?«

»Ach, da hab ich schon die tollsten Dinge erlebt. Unsere Justiz bringt es sogar fertig, Gewalttäter der übelsten Sorte straflos ausgehen zu lassen, weil die U-Haftzeit überzogen wurde. Die werden dann einfach laufen gelassen.«

»Sowas hab ich auch schon mal in der Zeitung gelesen. Aber ich dachte, das sind Ausnahmen, und es käme nur bei Bagatellfällen vor.«

»Ausnahmen? Da muß ich aber lachen. Das ist inzwischen an der Tagesordnung. Und bei dem Hermsdorf fehlen noch ganze vier Wochen, dann werden sie ihn rauslassen, falls das Verfahren bis dahin nicht mehr in Gang kommen sollte.«

»Das sind ja heitere Aussichten.«

»Das ist Alltag in Deutschland.«

Es lag mir auf der Zunge, dem Anwalt eine wichtige Entdeckung mitzuteilen, die ich dieser Tage gemacht hatte. Ich war mir aber nicht sicher, ob das hier die richtige Umgebung, der rechte Zeitpunkt dafür war.

»Kann ich frei sprechen?« fragte ich in die entstandene Pause hinein. Zimmer bemerkte, daß sich meine Frage auf die beiden anwesenden Damen bezog.

»Natürlich, Matz. Erika und Renate können alles mithören, was mich betrifft. Sie sollen ja hautnah die Praxis erfahren. Du brauchst keine Geheimnisse vor uns zu hüten. Was hast du denn auf dem Herzen, Matz?«

»Walter, stell dir vor, ich weiß, wo Maria Tonga untergebracht ist, deine Mandantin!«

Damit hatte der Anwalt nicht gerechnet. Unwillkürlich lief ihm ein Zucken über die Stirn, für Sekundenbruchteile schien er ins Leere zu starren. Er war geschockt.

»Bist du wahnsinnig geworden? Verdammt noch mal! Wieso recherchierst du hinter meinem Rücken hinter dieser Frau her? Du weißt doch ganz genau, was das bedeuten kann?«

Sein Wut- und Zornausbruch war verständlich. Erst, als ich erklärte, welcher Zufall zu meiner Information geführt hatte, beruhigte er sich etwas. Ich nannte weder Norberts Namen noch gab ich die Adresse bekannt, denn ich wußte ja, daß Zimmer es strikt abgelehnt hatte, sie zu erfahren, weil er nicht erpreßbar werden wollte. Wäre ich es nun? Aus seiner Sicht bestimmt.

»Ich sage dir, Matz, mit dieser Sache ist nicht zu spaßen. Du hast ja gesehen, die gehen tatsächlich über Leichen. Ich muß dich dringend warnen, diese Information auch nur andeutungsweise weiterzugeben. Die nehmen euch euren Laden gnadenlos auseinander. Das würde euch alle in Gefahr bringen.«

Das war mir längst klar. Aber wie sollte ich mit diesem Wissen umgehen? Zumal Norbert von einer möglichen Einladung bei Maria sprach? Ich teilte auch dieses Detail dem Anwalt mit.

»Wie soll ich mich denn nun verhalten, Walter?«

Ich merkte, wie die beiden jungen Frauen die Ohren spitzten. Für sie war es eine neue Erfahrung, ihren Chef, der vorhin so cool und souverän gewirkt hatte, in einer mißlichen Lage zu erleben.

»Mensch, ist das vielleicht eine Riesenscheiße!« Anwalt Zimmer mußte darauf achten, daß er seine Emotionen unter Kontrolle behielt. Die jungen Leute an den anderen Tischen rings herum sollten nicht unnötigerweise auf uns aufmerksam gemacht werden, zumal wir beide ja keine Fremde waren in der Kneipe.

»Für mich gibt es nur eine Konsequenz«, sagte Zimmer gefaßt. »Die Frau muß in eine andere Wohnung gebracht werden. Ich kann diesen Zustand keine Minute mehr länger mitverantworten. Ich werde morgen früh sofort mit Breitkreuz sprechen. Und, Matz, versprich mir: kein Wort, zu niemandem!«

Ich mußte an den armen Norbert denken, der sicherlich von einem baldigen Rendezvous mit Maria träumte.

»Am Mittwoch hätte alles vorbei sein können. Aber so, wie es jetzt aussieht, ist das Ende völlig offen. – Trotzdem, danke für deine Information. Und entschuldige mein Aufbrausen vorhin. Du wirst verstehen, daß mich das berührt. Ich fühle mich verantwortlich für die Sicherheit meiner Mandantin. Und ich werde auch weiterhin alles in meiner Macht Stehende tun, um die Frau zu schützen.«

Den Fall Gundermann ließ ich sicherheitshalber im Köcher, das hätte den Anwalt womöglich erneut auf die

Palme gebracht. Außerdem war dem Mann ja nicht mehr zu helfen, Gundermann war mausetot.

Am Dienstag passierte auffällig wenig. Ich absolvierte mein Stundenpensum am HGT. Naomi ließ nichts von sich hören. Vielleicht tat die kleine Beziehungspause nach den aufregenden Tagen ganz gut.

Der ›Volksfreund‹ berichtete ausführlich über die Entwicklung im Fall Hermsdorf, die Freilassung des Verdächtigten, die Verschiebung des Prozesses. Sogar einen geharnischten, sehr justizkritischen Kommentar hatten sie sich geleistet. Die drohende Freilasung Hermsdorfs infolge der Prozeßverschleppung wurde darin hart angeprangert. Der Autor unterstellte den drei Verteidigern des Puffbetreibers üble Tricksereien, mit dem Ziel, ihren Mandanten auf die elegante Weise freizubekommen. Im begleitenden redaktionellen Teil verwahrte sich einer von ihnen auf entsprechende Anfrage hin energisch gegen diese Vorwürfe. »Unser Mandant möchte so schnell wie möglich in Freiheit. Jawohl, das stimmt. Aber nicht durch Prozeßverschleppung, sondern auf Grund eines richterlichen Freispruchs. Und wir sind überzeugt davon, daß es dazu kommen wird. Warum sollten wir also taktieren?«

Das hörte sich gut an, allein der Wahrheitsgehalt blieb im Dunkeln. Versteckspiel ist ja Methode in Juristenkreisen. Gerade Strafverteidiger müssen das Spiel mit gezinkten Karten beherrschen, wenn sie erfolgreich sein wollen. Hätte ich jetzt auch einen dieser Anwälte anrufen und interviewen sollen? Hätte ich mir auch deren salbungsvollen Worte anhören sollen, mit der sie mich von der Unschuld des Gangsters Hermsdorf zu überzeugen versucht hätten? Gut, es war ihr Job, den Mann rauszuhauen. Es waren schließlich keine Pflichtverteidiger, ein Erfolg würde sich für sie zweifellos blendend auszahlen, in barer Münze. Auch wenn es nur zu einer Freilassung wegen unzulässiger U-Haft-Überschreitung käme.

Laut Anwalt Zimmer konnte der Landgerichtspräsident den Fall theoretisch an eine andere Kammer in seinem Hause verweisen. Das würde aber bedeuten, daß alles völlig neu aufgerollt werden müßte. Bis dahin wäre Hermsdorf längst über alle Berge. Er könnte zwar später jederzeit wieder verhaftet und zum Prozeß vorgeführt werden, aber dafür müßte er schön brav zuhause wohnen bleiben. Und davon konnte man ja beim besten Willen nicht ausgehen.

Gegen abend rief mich Steinmann an. Er war erbost über die Presseberichte. Er bezeichnete die Vorgänge als gewaltigen, beispiellosen, trierischen Filz. Was nach und nach an die Öffentlickeit durchsickere, sei nur die Spitze des Eisbergs. »Das ist wie Neapel und Palermo vereint in einer Stadt«, meinte er süffisant.

Grundsätzlich lag er nicht völlig daneben. In Trier kannte jeder jeden. Polizisten, Richter, Anwälte, Verwaltungsbeamte – sie alle waren ab einer gewissen Stellung im Amt bestens vertraut miteinander. Man traf sich über die beruflichen Verbindungen hinaus regelmäßig bei gesellschaftlichen Anlässen, egal ob im Theater, beim Fußball, in der Karnevalsgesellschaft, bei Dienstjubiläen oder wo auch immer. Dies machte es einem Schwarzen Schaf unter ihnen sehr leicht, an vertrauliche Informationen aus allen Bereichen heranzukommen und damit sein Ding zu landen. Die Perspektive für die körperliche Unversehrtheit einer Zeugin wie Maria Tonga wurde dadurch nicht gerade besser. Daher auch meine grundsätzlichen Bedenken gegen Naomis Vorhaben. Ich bekam eine Gänsehaut, wenn ich daran dachte, daß zwei

Polizisten in Zivil sie im Puff unauffällig beschützen sollten. Mein lieber Herr Gesangverein!

»Was meinen die damit, wenn sie sagen, der Fall stünde unmittelbar vor der Aufklärung?« fragte mich Steinmann, nachdem er seinen Rundumschlag abgelassen hatte. »Bin ich zu blöd? Ich kann da keine Logik drin erkennen.«

»Mit Logik ist in diesem Fall sowieso nicht viel anzustellen, Eduard. Das kannst du dir abschminken. Was die Sache Pereira angeht, gehe ich übrigens auch davon aus, daß sie kurz vor der Aufklärung steht ...«

Jetzt hatte ich übers Ziel hinausgeschossen. Das hätte ich dem Steinmann nicht aufs Brot schmieren dürfen.

»Was? Vor der Aufklärung? Ich glaub, ich versteh nur noch Bahnhof. Kannst du mich bitte mal aufklären, Matz? Was geht da vor?«

Ich biß mir auf die Lippen.

»Du hast es doch selbst gelesen, Eduard. Die Polizei verfolgt eine heiße Spur. Aus taktischen Gründen heraus sagen sie nichts Genaues. Mein Gefühl sagt mir, daß die kurz vor der Lösung sind. Nicht mehr und nicht weniger wollte ich damit sagen.«

»Ich habe schon gedacht, du wolltest mich auf den Arm nehmen, Matz. Bei dir weiß man ja nicht immer, wo man dran ist. – Konntest du meine Unterlagen verwenden, für deinen Artikel?«

»Ja, bestens, Eduard. Du hast dir ja ein Riesenfleißkärtchen verdient. Ganz toll! Ich habe Etliches davon verbraten können. Ich bring dir den Ordner in den nächsten Tagen zurück.«

»Schön, das freut mich. Denk bitte auch an den Plan, den sich deine Freundin ablichten wollte.«

Ach, ja, der Puffplan. Wo war der überhaupt abgeblieben? Naomi mußte ihn in ihrem Wagen haben. Hoffentlich war der nicht unter die Räder gekommen. Steinmann würde mir zeitlebens nichts mehr ausleihen, da war ich mir sicher.

»Ruf mich bitte an, wenns was Neues gibt«, bat er mich am Ende.

Ich brauchte frische Luft, ging runter, raus in den Garten. Es war wieder etwas wärmer geworden. Erdmann war beim Kartoffelnhacken, Schweiß rann unter seinem Strohhut hervor und tropfte auf die Erde.

»Jetzt gedeiht alles, Matz, am besten aber dat Unkraut.«

Ich ging zu ihm.

»Ach Fritz, es gibt doch gar kein Unkraut. Unkraut, das sind höchstens wir selbst. Oder kennst du ein Kraut, das auf dieser Welt mehr Schaden angerichtet hätte, als der Mensch?«

»Da haste auch wieder recht«, lachte er und stützte sich auf dem Hackenstiel ab.

Ich machte mich ein wenig nützlich, läuterte die üppig wuchernden Tomatenstauden und band die Leittriebe an. Zwischendurch probierte ich die ersten, fleischigen Knorpelkirschen der Saison. Ein Genuß! Ich schaute den Bienen zu, wie emsig sie ans Werk gingen!

»Was meinst du, Fritz, bekommen wir nochmal einen Schwarm?« fragte ich den Pensionär.

»Einen Schwarm? Hör mir doch auf, vom Schwarm zu reden. Letzte Woche, den haben wir schön vergeigt. Dat war's für diesen Sommer. Aber Honig schleudern müssen wir in den nächsten Tagen. Kannste schon mal einbauen in deinen Stundenplan.«

Stimmt! Wir hatten in diesem Jahr noch keinen Honig geschleudert. Und schon gings mit dem Juni zu Ende, die Sonnenwende war seit ein paar Tagen vorüber. Es war höchste Zeit, den Frühlingshonig aus den Beuten zu nehmen. Den hellen, dünnflüssigen Weißdornhonig, bereichert um die

Aromen von Apfelblüten, Kirschen und Robinien. Sie hatten dieses Jahr prächtig geblüht. Deren feine Würze würde man rausschmecken, da freute ich mich drauf.

Als ich zum nahen Markusberghang rüberblickte, sah ich schon die hellgrünen, leicht ins Gelb spielenden, blumenkohlförmigen Kreise und Kugeln, die sich deutlich aus dem Hintergrundgrün des Waldes abhoben.

»Ja, ja, schau nur hin, Matz. Die ›Kesten‹ (Eßkastanien) fangen bald zu blühen an. Wir müssen dringend schleudern«, keimte Erdmann aus seinem Kartoffelfeld hervor.

Es war wohl meine Unzufriedenheit wegen der Entwicklung der Ereignisse, die mich auf den Einfall brachte, bei Amtsrichter Röhlers vorbeizuschauen. Natürlich hätte ich ihn vorher anrufen können. Doch warum? Der Mann mußte zuhause sein, das gehörte sich für einen öffentlich Bediensteten, der krank geschrieben war. Ich nahm den Wagen und steuerte das hell getünchte, neobarocke Anwesen auf der Hill an. Es war eine wahre Traumvilla, ringsherum armiert wie eine mittelalterliche Kurie durch eine hohe Mauer, die nur vom schmiedeeisernen Tor zur Garageneinfahrt unterbrochen wurde. Und nur von dort hatte man eine Handbreit Blick ins parkähnlich gestaltete Innere.

Obwohl es gegen acht Uhr ging, brannte die Junisonne noch wie ein Feuerball vom Luxemburger Land aus herüber und heizte der hoch über der Oststadt gelegenen Prominentensiedlung kräftig ein.

Auf mein Klingelzeichen hin schlug innen eine unangenehme Hundestimme an, wenig später erkannte ich durch den Torschlitz eine riesige Dogge, die mich mürrisch anknurrte. An der Gegensprechanlage blieb es still, auch zwei weitere Klingelzeichen blieben unerhört.

Ich ging zurück ans Auto und nahm das Handy und wählte Röhlers' Nummer. Nach dem dritten Läuten hob jemand ab.

»Röhlers«, gab eine sonore Männerstimme knapp von sich. Wenn ich mich nicht täuschte, war es der Richter persönlich.

Ich meldete mich in meiner Funktion als AZ-Reporter.

»Dann sollten Sie aber wissen, daß ich dienstunfähig geschrieben bin, Herr Mendgen«, tönte es hörbar verstimmt aus dem Handy. »Was wollen Sie denn um Himmels Willen um diese Uhrzeit noch von mir?« setze der Mann hinzu.

»Herr Röhlers, Sie wissen sicherlich, daß ich für unser Stadtmagazin den Fall Hermsdorf kritisch begleite. Ich würde Ihnen gerne ein paar Fragen stellen.«

Richter Röhlers ließ sich eine Weile Zeit mit einer Antwort. Ich rechnete fest damit, daß er mich kalt abbürsten würde.

»Gut. Ich gebe Ihnen fünfzehn Minuten. Mehr erlaubt mein Gesundheitszustand nicht.«

Augenblicke später hörte ich einen scharfen Pfiff, und ich konnte erkennen, wie sich die Dogge mit hängendem Kopf vom Tor zurückzog. Dann setzte sich die eiserne Barriere seitwärts in Bewegung. Der Hausherr empfing mich auf der Schwelle und führte mich unverzüglich in einen kleinen Raum unweit des Eingangs. Die nüchterne Möblierung wollte nicht so recht passen zum Pomp der Außenanlage und der verschnörkelten Fassaden.

»Nun, was haben Sie auf dem Herzen, junger Mann?« schoß Richter Röhlers los, nachdem er mir einen Cognac eingeschenkt hatte. Er selbst mußte aus Gesundheitsgründen darauf verzichten, einen mitzutrinken, wie er mir mit säuerlicher Miene erklärte.

Ich wollte mich nach seiner Einschätzung erkundigen, wie und wann das Verfahren gegen Hermsdorf weitergehen würde.

»Sehen Sie, Herr Mendgen, selbst wenn ich Ihnen eine Auskunft darüber geben könnte, so würde es mir mein Amt verbieten. Aber ich muß gar nicht die Schweigepflicht bemühen. Ich sage Ihnen besten Gewissens: ich habe nicht die geringste Anhnung, wie das weitergeht. Alles wird vom Verlauf meiner Erkrankung abhängen. Im übrigen bleibt dem Landgerichtspräsidenten die Option einer Neuansetzung des Verfahrens in einer anderen Kammer.«

So schlau war ich ja schon vorher gewesen. Ich merkte, daß Röhlers sich hinter Allgemeinplätzen und seiner Krankheit verschanzte. Dabei hatte ich nicht den Eindruck, mit einem schwerkranken Mensch zu sprechen.

»Mal Hand aufs Herz, Herr Röhlers! Wäre es nicht eine Katastrophe für das Rechtswesen im Lande, wenn Hermsdorf nur wegen Fristversäumnissen ungeschoren davonkäme?«

Ein nervöses Zucken lief über die linke Gesichtshälfte des Richters, sein Züge wurden einen Tick strenger. Er schloß kurz die Augen, gerade so als müsse er sich auf einen Großangriff konzentrieren. Oder auf eine Abwehrschlacht?

»Herr Mendgen, ich muß bekennen, ich bin doch sehr befremdet darüber, daß Sie sich derartige Gedanken über die deutsche Justiz machen. Haben Sie etwa Zweifel daran, daß alles mit rechten Dingen zugeht?«

»Als Beobachter macht man sich so seine Gedanken. Und ich finde, es wäre eine Riesenschweinerei, wenn dieser Verbrecher nicht einer gerechten Strafe zugeführt würde.«

»Verstehe ich Sie richtig? Sie wollen mir unterstellen, daß ich einen Straftäter vor der Strafe schütze? Wissen Sie, was Sie da behaupten?«

»Ich habe ja nichts behauptet. Ich sehe nur, daß die Gefahr besteht, daß ...«

»Herr Mendgen!« fiel er mir ins Wort. »Das brauche ich mir von Ihnen nicht bieten zu lassen. Was Sie mir unterstellen, ist – gelinde gesagt – eine Frechheit. Sie sollten wissen, daß wir in einem anerkannten Rechtsstaat leben, der den Richtern Unabhängigkeit garantiert und den Angeklagten bis zur Verurteilung die Unschuldsvermutung einräumt. Nicht mehr und nicht weniger passiert auch im Falle Hermsdorf. – Und jetzt darf ich Sie bitten, das Haus zu verlassen. Ihre Zeit ist abgelaufen, Herr Feierabendjournalist.«

Gerne hätte ich ihm noch gesagt, wie dankbar ich ihm für sein »großartiges Einfühlungsmögen« war, daß er in der Verhandlung letzte Woche gegenüber Maria Tonga gezeigt hatte, und überhaupt für sein »Mitgefühl« mit den Hermsdorf-Opfern, den gequälten und getöteten Frauen aus dem städtischen Milieu. Aber dazu bekam ich keine Gelegenheit mehr, denn Röhlers war bereits aufgestanden und hatte den Raum verlassen. Draußen hörte ich einen Pfiff, der zweifelsfrei der Dogge galt. Ich hatte verstanden und machte mich so schnell wie möglich vom Acker. Tatsächlich stand die Bestie seinem Herrchen am Ausgang bei Fuß, als ich die Stelle mit weichen Knien passierte. Mit einem »Schönen Abend noch, Herr Mendgen!« entließ mich der Richter aus seiner Festung. Die gefangene Dogge tat mit irgendwie leid, auch wenn sie mir zähnefletschend nachstierte. Kurz darauf klinkte das Tor hinter mir wie von Geisterhand gesteuert ins Schloß. Der Cognac war noch im Glas – aber ich wieder in Freiheit.

13. Das Versehen

Ich hatte zwei Tage lang nichts von Naomi gehört. In der Nacht zum Mittwoch war ich wie elektrisiert. Ab vier Uhr konnte ich nicht mehr schlafen. Vorher war ich von einer Serie von Alpträumen heimgesucht worden, die aufeinanderfolgten wie eine endlose Kette tief hängender Wolken, die ein Sturm vor sich hertreibt. Ich sah sie, Naomi, wie sie lautlos schrie, wie ihr Gesicht sich vor Schmerz zu Grimassen verzog, wie ihre Zöpfe sich vom Körper lösten und davonflogen. Ich quälte mich im Bett herum, drehte mich hin und her, spürte, wie mein Herz ganz irre schlug. Dazwischen erschien immer wieder Breitkreuz, ich sah sein schmieriges Lächeln, als er Naomi den Paß aushändigte, als er ihr die Arbeitspapiere übergab, sah, wie er ihr die Hand küßte. Dann sah ich, wie sie sein Lächeln erwiderte, wie sie ihn auf die Wange küßte, wie sie sich von ihm betätscheln ließ, wie er sie in seine Arme nahm.

Ich war eifersüchtig, tierisch eifersüchtig.

Ich brachte mein Tagesprogramm hinter mich, vier Unterrichtsstunden. Kurz nach 12 war ich wieder zuhause, fix und fertig mit den Nerven. Erdmann fing mich in der Laube ab. Er hätte erkennen müssen, daß es mir nicht gut ging. Aber ihm lag was anderes auf dem Herzen.

»Matz, könnst'de mir 'n Gefallen tun?«

»Sicher, Fritz, worum gehts denn?«

»Fährste mich nachher zum Friedhof? Der Herr Pfarrer Gundermann wird heute beerdigt.«

Ach, ja! Hatte ich ganz vergessen.

»Wann müssen wir denn losfahren?«

»Die Messe ist um zwei Uhr.« Erdmann sah mich fragend an.

»Gut, dann fahren wir um halb zwei los. In Ordnung?«

»Halb zwei ist gut. Dann sind wir früh genug da, dann krieg' ich noch 'n Sitzplatz,« freute er sich.

Ich nutzte die verbleibende Stunde, um ausgiebig zu duschen. Ich hatte eine gründliche Reinigung nötig, innerlich und äußerlich.

Ich fand Erdmann großartig herausgeputzt vor. Konventionell beerdigungsmäßig: schwarzer Anzug, weißes Hemd, schwarze Krawatte. Wir nahmen die Moseluferstraße über Biewer. Als wir uns um Viertel vor zwei dem altehrwürdigen Trierer Vorort näherten, wartete das Chaos schon auf uns. Der Ort schien zu einer Automobilausstellung umfunktioniert worden zu sein. An einen Sitzplatz in der Kirche war nicht mehr zu denken.

»Ach du je, Herrgott, wat fürn Auflauf!« stöhnte Erdmann, der in seinem Anzug schwitzte.

»Ich fahr dich bis vor die Kirche«, entschied ich. »Dann brauchste dich wenigstens nicht zu Fuß durch diesen Verkehr zu quälen.«

In der Stiftstraße gab es kein Durchkommen mehr, zu Dutzenden standen die Beerdigungsgäste auf der Straße.

»Laß mich bitte hier raus, Matz! Und merci für den Transport. Zurück komme ich schon irgendwie.«

»Okay, Fritz, mach's gut.«

Ich hätte jetzt durchfahren können bis in die Luxemburger Straße. Ob Naomi schon ihre ›Arbeit‹ begonnen hatte? Der Gedanke daran schmerzte mich.

An der Römerbrücke hielt ich an. Ich stärkte mich mit einer großen Portion Pommes mit Mayo, zumindest physisch mochte das helfen. Was die Hilfe für meine Psyche anging, war guter Rat teuer.

Ich ließ den Gedanken sausen, durch die besagte Straße zu fahren. Stattdessen begab ich mich nach Hause, streckte mich auf die Couch in der Laube und döste in den Himmel. Nichts bewegte sich, außer den Kondensstreifen der Fernflieger, die kamen und gingen, wie ich durch das vogelkotverschmutzte Plexiglas, das die Laube vor Regen schützte, beobachten konnte.

Hatte ich sie bereits verloren? Waren wir getrennte Leute? Hatte sie mich wirklich schon satt?

Ich litt unter der Vorstellung, Naomi könnte sich heimlich von mir losgelöst haben, sie würde wieder eigene Wege gehen, ich wäre für sie nur eine Episode gewesen, nichts als ein Irrtum, der sich durch einen einzigen Telefonanruf bei Gelegenheit korrigieren ließe. Sie war jung und hübsch, ihr Glück wäre nicht abhängig von mir, sie bräuchte sich keine Sorgen zu machen, einen neuen Partner zu finden. Die Männer flogen ja auf sie.

Und ich? Ein alternder, verbrauchter Junggeselle. Eine Frau wie Naomi würde ich so schnell nicht wieder finden, wahrscheinlich überhaupt nie wieder. Klar, mit mir würde es jede Frau längerfristig schwer haben. Vielleicht hatte ich einfach zu lange Zeit allein gelebt. Ich fragte mich ernsthaft: war ich noch ein Fall für die Frauen von heute? Oder war ich ein auslaufendes Modell, ein Modell mit aufgedrucktem Verfallsdatum?

Irgendwann muß ich mit diesen wirren Gedanken eingeschlafen sein.

Das Läuten des Telefons oben in meinem Arbeitszimmer schreckte mich auf. Es war schon zu spät, der Anrufbeantworter war angesprungen. Ich hörte die Stimme vom Band, es war Naomi: »Hallo, lieber Matz. Schade, daß du nicht da bist. Ich probiere gerade das Handy aus, klappt prima. Ich habe Zimmer 39 bekommen. Ich freue mich auf deinen Besuch. Hoffentlich bald. Ich hab dich lieb. Bist du heute abend zuhause? Bis bald. Tschau!«

Ich hätte noch hochlaufen können und abheben, aber ich hörte wie gebannt dieser Stimme bis zum Ende zu. Sie klang ganz vertraut, ganz normal. Warum zum Teufel hatte ich mir all diese trüben Gedanken gemacht? Ich hatte da wohl ein Problem.

Ich raffte mich auf, übergoß mein verschlafenes Gesicht mehrmals mit kaltem Wasser. Dann schwang ich mich aufs Rad, ich mußte zu ihr.

Es war kurz nach vier Uhr. Im Puff herrschte Ruhe. Bei Zimmer 39 war die rote Gardine vorgezogen. Ich klopfte an der Tür.

»Ja, wer ist da, bitte?« Es war Naomis feste Stimme.

»Ich bin's, Matz«, raunte ich zurück.

Sie öffnete die Tür und zog mich lächelnd zu sich rein. Wir umarmten uns, küßten uns, es war wie immer. Sie sah gut aus, ein knapper weißer Slip, dazu ein gewagter BH. Das war ihre ›Arbeitskleidung‹.

»Verzeih mir diesen Aufzug, Matz. Aber das gehört hier zum Geschäft. Ich muß mich insoweit anpassen. Brauchst keine Bedenken zu haben, du bist der erste Mann bei mir hier drinnen. Vertraust du mir?«

Was blieb mir anderes übrig, ich war ja froh, daß ich sie wiederhatte.

Es herrschte eine Bullenhitze in dem kleinen Raum. Naomi zog mich aufs Bett, sie machte sich an meiner Kleidung zu schaffen.

»Und was machst du, wenn unbedingt einer zu dir rein will?«

»Also, der einzige, dem ich aufmache, ist der Hausmeister. Dieser Kurt Knapp, und der ist ja bekanntlich schwul. Er war vor einer Stunde hier, zum Kassieren, 300 auf die

Kralle. Mit Quittung ist nichts, wohl das übliche Verfahren. Und die anderen Männer? Ganz einfach, ich lasse die Gardine vorgezogen.«

Wir lagen nun Gesicht an Gesicht auf dem rot gefärbten Bettuch, Naomi hatte mich bereits bis auf den Slip abgepellt, zu meiner eigenen Überraschung stellte ich fest, daß mein kleiner Mann anfing, über sich hinauszuwachsen. Vor einer Stunde hätte ich das nicht für möglich gehalten. Was hatte sie vor mit mir?

»Komm, Matz, laß uns wenigstens einmal die teure Miete nutzen.«

Auf was für Ideen die kam! Nein, das könnte ich keinem Menschen erzählen. Sie lag auf mir, ihre Lieblingsstellung. »Dann kann ich den Druck bestimmen, die Intensität, den Moment des Höhepunkts«, behauptete sie. Nicht mal ein Kondom benutzten wir, Naomi hatte immer alles im Griff. Mir war es seit unserer ersten Vereinigung auf der Gillenbachwiese mehr als einmal mulmig zumute gewesen, doch für sie war es kein Thema, sie konzentrierte sich auf den sexuellen Genuß, sie würde nicht schwanger, zumindest nicht, solange sie es nicht wollte, aus, fertig. So einfach war das für sie. Und ich? Wollte ich ein Kind von ihr? Jetzt? Später? Könnte ich sie damit an mich binden? Verrückte Überlegungen für einen, der unten lag, ein Unterlegener? Die Latexmatratze war von jämmerlicher Qualität, oder lag es an dem Unterbau? Alles total durchgeritten. Ich hätte in jedem Hotel sofort Protest eingelegt bei einer solchen Zimmerausstattung.

Wir blieben noch ein gutes halbes Stündchen beieinander liegen und streichelten uns. Ich gestand ihr meine Sorgen und Nöte der vergangenen beiden Tagen, meine Schlaflosigkeit, meine Träume, ich berichtete ihr von meinen Ängsten, sie zu verlieren. Sie tröstete mich, übersäte mich mit

Küssen, impfte mir Vertrauen ein. Ich war ihr unendlich dankbar dafür.

Als ich gegen sechs Uhr das Zimmer verließ, tummelten sich vereinzelte Männer in dem Viereckflur, die Frauen saßen mehr oder weniger gelangweilt auf ihren Betten, oder sie hingen nach vorne gebeugt über den Fensterbänken ihrer Zimmer, es war keine gute Stunde.

Befriedigt steuerte ich den Irrbach an, Naomi wollte mir spätestens gegen 10 Uhr folgen, auf alle Fälle aber, bevor es dunkel würde.

Zuhause traf ich Erdmann in der Laube an, er saß – noch im guten Tuch – in seinem Bambusstuhl. Nur von Jacke und Schlips hatte er sich getrennt.

»Ach Matz, da biste ja, dat is schön.«

»Guten Abend, Fritz. Hat alles gut geklappt bei euch, auf der Beerdigung?«

»Ach, mein lieber Freund, da war wat los! Himmel und Herr, Menschen über Menschen! Zwei Stunden hab ich stehen müssen. Ich war froh, als ich endlich einen Sitzplatz im Posthof hatte. Dat is ja wirklich ein dolles Haus. Alles auf's Feinste.«

»Da gab's den Leichenschmaus, richtig?«

»Ja, genau. Aber stell dir mal vor, Matz, wat die Leut erzählen. Der Pfarrer Gundermann wär homosexuell gewesen. Dat is doch eine Unverschämtheit, eine Frechheit sondergleichen! Einen so guten Mann so durch den Dreck zu ziehen!«

»Was soll's, Fritz. Der Mann ist tot. Laß doch die Leute erzählen, was sie wollen. Und selbst wenn er schwul gewesen wäre, was hätte es geändert? Er war ein guter Priester, das ist doch die Hauptsache.«

»Eine Gemeinheit ist dat, so wat in die Welt zu setzen! Der Leiter vom Puff, der wär sein Freund gewesen, heißt's hinter vorgehaltener Hand. Wer denkt sich nur solche Lügen aus?«

Ich konnte mir nicht vorstellen, daß Pater Ternes die Quelle dieser Information war. Scheinbar waren die sexuellen Neigungen des Paters im Dorf bekannt gewesen. Vielleicht wurden sie erst nach seinem Tod gezielt gestreut. Aber von wem? Wer hätte einen Nutzen davon gehabt? Sollte es Breitkreuz gewesen sein, der die Öffentlichkeit auf diesem Wege auf die Ungeheuerlichkeit vorbereitete, daß Gundermann der Mörder von Frau Pereira war? Schon möglich. Oder der Auftraggeber, der Dr. Pauli? Konnte der ein Interesse daran haben, daß die Sache just zum jetzigen Zeitpunkt aufflog? Vielleicht aus Rache, weil der Gundermann die Falsche erwischt hatte? Jedenfalls war es nur noch eine Frage weniger Tage, bis die ganze Wahrheit offengelegt würde. Das würde in Trier einschlagen wie eine Bombe. Die verträumte Stadt an der Mosel würde für einige Zeit in die Schlagzeilen geraten. Und ich Idiot hätte die Gelegenheit versäumt, die Sache in unserer kleinen Zeitung als Megaskandal herauszubringen. Sollte ich nicht doch die Redaktion einweihen? Nein, zumindest nicht, solange Grace Babanduba auf Zimmer 39 ›arbeitete‹.

Kurz nach neun – ich lag im Bett und las in ›Nachricht von einer Entführung‹ von Garcia Marques – stürmte Naomi in die Bude. Sie war bester Laune und hätte mich fast erdrückt, als sie sich auf mich stürzte.

»Stell dir vor, Matz. Ich habe zwei schwarze Frauen kennengelernt, eine aus Cote d'Ivoire und eine aus Benin. Ich konnte mich rasch mit ihnen anfreuden, sie vertrauen mir, weil ich Pidgin-English mit ihnen spreche. Für was man exotische VHS-Kurse alles gebrauchen kann! Die beiden kennen den Hermsdorf-Betrieb schon einige Jahre. Sie werden mir morgen eine Kiste übergeben, die Maria Tonga gehören soll. Zumindest bewahren sie sie in ihrem Namen auf. Als ich ihnen sagte, daß ich Kontakt zu ihr hatte, hatte ich bei ihnen gewonnen.«

Ich konnte Naomis Begeisterung nicht nachvollziehen, und was die Kiste anging, hatte ich sofort Bedenken. Sofern sie überhaupt existierte, wäre sie bestimmt nur mit Schmutzwäsche, alten Schuhen oder sonstigem unnützen Krempel gefüllt. Und außerdem, warum haben sie ihr die Kiste nicht gleich mitgegeben?

»Sei doch bitte nicht gleich wieder so negativ, Matz! Wart's doch einfach ab. Ich bring die Sachen morgen hierher, und dann sehen wir weiter, okay? – So, jetzt muß ich erst mal unter die Dusche, ich hab mich nämlich da drin nicht getraut. Zudem genieße ich es, deinen Saft an meinem Körper zu fühlen. Das ist wie eine zweite Haut, und wenn er eintrocknet, kühlt er sanft, bevor er zu Pergament wird.«

Ich merkte, sie war für mich immer noch ein Buch mit vielen Siegeln.

Donnerstag war mein freier Tag. Um so bedauerlicher, daß Naomi schon mit den Hühnern aufgestanden war. Sie entschuldigte sich, gab mir einen Kuß und weg war sie. Sie wollte an die Uni, schließlich studierte sie nebenbei Geographie, Schwerpunkt Touristik. Sie hatte noch ein paar Dinge zu regeln, bevor es losging nach Yaunde. In Kamerun würde sie drei Monate lang mit einem einheimischen Expertenteam quer durchs Land ziehen und bei der Evaluierung oder der Bewertung neuer Angebote für den internationalen Fremdenverkehr mitarbeiten. Sie freute sich riesig auf dieses Projekt, denn erstmals nach einem Vierteljahrhundert würde sie zurückkehren zu ihren Wurzeln. Sie würde den Mount Camerun besteigen – zu einem Zeitpunkt, da ich noch in ihrer Begleitung wäre – in den Dschungel im Osten eindringen, zu den Pygmäenvölkern im Zaire-Becken, und schließlich in den heißen, überwiegend moslemischen Norden reisen, wo eine ganze Reihe eindrucksvoller Kulturdenkmäler auf sie wartete.

Mit der Erinnerung an ihre warmen, fleischigen Lippen drehte ich mich um und genehmigte mir noch eine Ration Morgenschlaf. Entspannt ließ ich mich ab neun Uhr in den Tag treiben. Ich hatte noch zwei dicke Stapel Klassenarbeiten, Diktate und so fort zu korrigieren. Allein, es fehlte die Lust, die Arbeit in Angriff zu nehmen. Auf dem Küchentisch fand ich eine Nachricht von Naomi. Sie würde sich Mühe geben, heute abend zeitiger zu mir zu kommen.

Im ›*Volksfreund*‹ war ein Foto von Gundermanns Beerdigung, noch immer ohne jeden Hinweis auf die Hintergründe der Verzweiflungstat. Im Mordfall Pereira keine Veränderung der Lage.

Nach dem Frühstück war es mal wieder an der Zeit, den Spülberg in Angriff zu nehmen. Dazu stellte ich den CD-Player an und ließ mich von Bob Marleys Legend-Platte zuknallen. Bei dieser Musik könnte ich sogar im Bergwerk arbeiten. Bewundernswert, daß Erdmann sich nie über die Lautstärke der Musik beschwerte.

Gegen Mittag saß ich endlich hinter den Klassenarbeiten. Draußen schien die Sonne, eigentlich zu schade, die Zeit im Büro zu vertrödeln. Als ich gerade mit einem Packen Hefte nach draußen ziehen wollte, klingelte das Telefon. Klaus Singer wollte wissen, ob ich was von Norbert gehört hätte, dem Saarländer, unserem Layout-Chef. Die beiden hatten sich um zehn Uhr im AZ-Büro treffen wollen.

»Keine Ahnung, seit Montag abend habe ich nichts mehr von ihm gehört«, sagte ich.

Bestimmt lag er noch in der Koje, er war ja ein ausgesprochener Nachtmensch. Leider hatte er kein Telefon. Klaus Singer war sauer, er hatte sich extra freigemacht, um mit ihm die Titelseite fertig zu bauen.

»Ja, gut. Dann fahr ich mal rüber zu ihm. Sicher hat er nur verpennt.«

Normalerweise war Norbert sehr zuverlässig, was Termine im Zusammenhang mit der Zeitung betraf.

Drei Hefte später – zwei Dreien und leider eine glatte Fünf – klingelte es erneut. Da ich inzwischen meinen Arbeitsplatz runter in der Laube verlegt hatte, mußte ich das Treppenhaus hochhetzen. Ich vernahm zunächst nur ein hastiges Keuschen und wollte schon auflegen.

»Matz, Matz, bist du es?« rief jemand in den Hörer. Ich konnte Singers Stimme nicht gleich erkennen.

»Er ist tot, er ist tot! Matz, Norbert ist tot!«

Dann fing er an zu weinen. Ich dachte, mich trifft der Schlag. Ich konnte nicht realisieren, was ich gehört hatte. Mir fiel ein, daß Norbert auf der Etage von Maria Tonga wohnte, und sie hatte ihn einladen wollen ...

»Was ist los, Klaus? Bitte sag, was ist denn passiert?«

Als er sich etwas gefaßt hatte, redete er.

»Er hat ein Loch im Kopf. Überall Blut, alles ist so schrecklich. Furchtbar ...«

»Wo hast du ihn gefunden?«

»Ich habe bestimmt fünfmal bei ihm geklingelt, oder noch öfter. Es rührte sich nichts. Dann sah ich, daß die Tür vom Appartment gegenüber nur angelehnt war. Ich wollte nachfragen, ob jemand Norbert gesehen hätte. Als sich auch dort niemand meldete, habe ich die Tür langsam aufgedrückt. Da hat er gelegen, zwei Schritte von der Tür entfernt ...« Klaus Singer rang um Fassung.

»Als ich das Blut gesehen habe und das Loch ... bin ich einfach weggelaufen. Ich konnte nicht dableiben. Ich steh jetzt in einer Telefonzelle. Sag mir, was soll ich tun?«

Als wenn ichs geahnt hätte! Norbert hatte sich die Finger verbrannt an dieser Frau. Und Maria? Die ist bestimmt auch tot, umgebracht von Hermsdorfs Ganoven. Scheiße!

»Wenn du willst, komme ich zu dir, Klaus. Ich rufe vorher bei der Polizei an. Wir treffen uns in zehn Minuten am Wohnblock unten. In Ordnung, Klaus?«

»Gut, Matz, ich warte draußen.«

Ich überlegte, wen ich informieren sollte. Die Polizei, Breitkreuz, Anwalt Zimmer, Steinmann? Ich telefonierte mit der Staatsanwaltschaft. Breitkreuz war im Hause unterwegs. Ich machte Druck, ließ ihn ausrufen, in einer Minute hatte ich ihn am Apparat.

»Was ist in Sie gefahren, Herr Mendgen? So einen Aufruhr habe ich gar nicht gerne, haben Sie verstanden?«

»Herr Breitkreuz, es ist dringend! Ein Mann ist umgebracht worden, ein Mitarbeiter unserer Zeitung. Er liegt in der Wohnung von Frau Tonga.«

»Was? Was sagen Sie da? In der Wohnung von Frau Tonga? Woher wollen Sie wissen, wo sie wohnt?«

»Reiner Zufall, Herr Breitkreuz. Unser Mitarbeiter, Norbert Feuerkopf, wohnte auf derselben Etage. Er wußte aber nichts von den Zusammenhängen. Ich war der einzige, der informiert war. Aber das ist jetzt völlig egal, Norbert ist tot, und bestimmt auch Maria Tonga.«

»Einen Moment mal, Herr Mendgen. Ich bin vor einer halben Stunde noch bei Frau Tonga gewesen. Sie war quicklebendig. Und einen Herrn Feuerkopf habe ich in ihrer Wohnung auch nicht entdecken können. »

»Aber jetzt ist er da, tot! Verstehen sie, erschossen! Er hat ein Loch im Kopf.«

Breitkreuz glaubte mir immer noch nicht, er fragte nach der Adresse, wo der Tote liege. Ich machte ihm die Angaben.

»Sehen Sie, Herr Mendgen, Sie liegen völlig daneben. Frau Tonga hat seit gestern abend eine andere Wohnung. Unabhängig davon kümmere ich mich sofort um diese Todesmeldung. Ich werde die Mordkommission verständigen.«

Zehn Minuten später begleiteten Klaus Singer und ich Oberstaatsanwalt Breitkreuz und zwei Kripobeamte zur Ex-Wohnung von Maria Tonga. Klaus und ich blieben an der Türschwelle zurück. Norbert lag auf dem Rücken, alle Glieder von sich gestreckt, wie jemand, der den Anruf ›Hände hoch‹ befolgt hätte, allerdings in der horizontalen Variante. Eine kleine Blutlache hatte sich auf dem grauen PVC-Boden gebildet, es mußte aus einem Loch am Hinterkopf stammen, der Austrittstelle des Projektils. Der Einschußkanal auf der Stirn hatte nur ein dünnes, hellrotes Rinnsal von sich gegeben, das bereits eingetrocknet war.

»Der Mann ist mindestens schon zwölf Stunden tot«, bemerkte einer der Spezialisten, die sich an ihm zu schaffen machten. »Brieftasche, Ausweis, Geld, alles scheint unangetastet zu sein.«

»Wir haben Frau Tonga gestern kurz vor 18 Uhr in eine andere Wohnung gebracht«, raunte Breitkreuz mir zu. »Ihr Anwalt hat darauf bestanden. Er hatte wohl recht.«

Ich erzählte ihm von Norberts Einladung bei Maria Tonga. Mußte er deshalb sterben?

»Mag sein, sie haben an ihm nur ihren Frust abreagiert. Töten wollten sie wohl die Dame – der zweite vergebliche Anlauf«, bilanzierte Breitkreuz eiskalt.

Das Leben kann manchmal eine Groteske sein. Die Neugierde hatte Norbert vermutlich sein Leben gekostet. Er hatte wohl versucht, Maria zu besuchen, als die bereits umgezogen war. Vielleicht hatte sie ihm ja eine Nachricht hinterlassen, wer weiß. Offenbar war Norbert von dem Täter oder den Tätern überrascht worden, oder umgekehrt. Sie hatten ihn bestimmt nicht auf der Rechnung gehabt. Marias Wohnung müssen sie nach einer Woche erschnüffelt haben. War wahrscheinlich keine große Herausforderung für Profis. Breitkreuz ist den Mördern vermutlich nur wenige Stunden zuvorgekommen. Und Norbert, sofern sie ihn dort antrafen, mußte den Mördern als Mitwisser gelten.

Es war völlig gleich. Norbert war tot, die dritte Leiche durch Gewalteinwirkung binnen acht Tagen in Trier! Wann hatte es das zuletzt gegeben?

Und noch eins war klar: die nächste Ausgabe unserer Zeitung würde ein paar Tage später als üblich erscheinen. Den Leitartikel müßte ich völlig neu schreiben. Mal ganz abgesehen von dem Trauerrand, den die Zeitung jetzt erhalten würde. Ich machte mir Vorwürfe, weil ich Norbert nicht über Marias wahre Identität aufgeklärt hatte. War ich mit schuldig an seinem Tod?

14. Der Karton

Als erstes fuhr ich mit dem Auto zur Uni, ich mußte unbedingt Naomi finden, sie durfte unter keinen Umständen mehr allein in ihr Zimmer in der Luxemburger Straße gehen. Breitkreuz hatte mich darin unterstützt. Er mahnte mich zu äußerster Vorsicht. Nebenbei hatte er mir anvertraut, daß seit gestern sieben Beamte des Landeskriminalamtes die Ermittlungen im Trierer Rotlichtsumpf leiteten. »Mein Vertrauen in unsere Leute in Trier ist nicht unbegrenzt«, hatte er vieldeutig hinzugefügt.

Nach zwanzig Minuten hatte ich Naomi aufgestöbert. Sie war gerade dabei, die Finanzierung ihrer Afrikareise in trockene Tücher zu bringen. Sie war sehr verwundert, mich hier zu treffen. Ich brachte ihr schonend bei, was passiert war. Sie reagierte schockiert. Dann sagte sie mir fest zu, nicht mehr alleine in den Puff zu fahren. Wir verabredeten uns in meiner Wohnung, sie käme, sobald sie ihre Sache an der Uni erledigt hätte. Mir fiel ein Stein vom Herzen, als ich feststellen durfte, daß sie nicht wieder mit mir zu streiten anfing.

Zuhause nahm ich die unangenehme Pflicht wahr, Norberts Familie im Saarland über seinen tragischen Tod in Kenntnis zu setzen. Ich sagte mir, besser ich mache es, als die Polizei. Ich war froh, daß Norberts Bruder ans Telefon ging und nicht seine Mutter. Er wirkte sehr rational, nahm alles total gefaßt auf. Hatten wohl nicht das beste Verhältnis gehabt, er und Norbert. Ich kannte die Familienverhältnisse nicht näher.

Dann rief ich nacheinander einige Leute an, die gut bekannt waren mit Norbert, die Mitarbeiter unserer Zeitung, die alle gleichermaßen geschockt reagierten. Und dann Steinmann, der Norbert schon vermißte, denn er war heute von zwei bis sechs in seinem Verein beim Telefondienst eingeteilt.

»Diese Obergangster, diese Verbrecher!« schimpfte er unter Tränen. »Gibt es denn niemand in der Stadt, der dieser Mafia das Handwerk legt?«

Wenn er gewußt hätte, welche Rolle Gundermann in der ganzen Geschichte spielte, wäre er vollends ausgerastet.

Ich versuchte, Pater Ternes zu erreichen, ich konnte ihm aber nur eine Nachricht auf Band hinterlassen.

Bei Rechtsanwalt Zimmer hatte ich dagegen mehr Glück.

»Mein lieber Matz, das ist ja eine schöne Bescherung«, schoß er los. Breitkreuz hatte ihm schon alles mitgeteilt. »Es tut mir sehr leid um euren Mitarbeiter, den Herrn Feuerkopf. Es ist nur ein kleiner Trost, daß wenigstens Frau Tonga in Sicherheit ist.«

»Ist sie das denn, Walter? Wer will garantieren, daß die Verfolger ihr nicht schon wieder auf den Fersen sind?«

»Nein, diesmal nicht, das ist ausgeschlossen. Frau Tonga bleibt bis zur nächsten Verhandlung gegen Hermsdorf in der Obhut des LKA, im Hochsicherheitstrakt der Hauptverwaltung. Sicherlich keine attraktive Adresse, aber die trierischen Verhältnisse ließen leider keine andere Lösung zu. Sie hat sich heute mittag bei mir im Büro vorläufig verabschiedet und befindet sich jetzt auf dem Weg nach Mainz.«

So beruhigend diese Meldung war, Norbert würde sie nicht mehr lebendig machen.

»Und außerdem habe ich eine Strafanzeige gegen Frau Hermsdorf gestellt, wegen Mordes.«

»Was? Meinst du etwa, die steckt hinter der ganzen Scheiße?«

»Das ist mir völlig gleich, Matz. Fakt ist, sie vertritt ihren Mann und leitet die Puffgeschäfte in dessen Abwesenheit. Mit ihrer Festnahme würden wir zwei Fliegen mit einer Klappe schlagen. Erstens müßte ein Notar oder Rechtsanwalt als provisorischer Geschäftsführer des Betriebes eingesetzt werden, was ja durchaus nützlich für uns sein könnte. Und zweitens würde es für Familie Hermsdorf nicht so leicht, die Fliege zu machen, wenn der Hausherr in drei bis vier Wochen wegen Fristüberschreitung aus der U-Haft entlassen werden sollte.«

»Das hört sich genial an, Walter. Er müßte seine Frau als Geisel zurücklassen. Aber wie schätzt du die Chancen ein, daß der Haftrichter die Frau tatsächlich einbuchtet?«

»Das Problem ist, daß es keine konkreten Verdachtsmomente gegen sie gibt. Mein Antrag ist sehr pauschal gehalten. Es wird alleine davon abhängen, wie schwerwiegend der Anfangsverdacht eingestuft wird. Das ist Glückssache. Aber ich bin davon überzeugt, daß sich die Justiz keinen weiteren Skandal leisten kann, zumal die öffentliche Meinung in der Stadt inzischen sehr auf Distanz zu ihr gegangen ist. Ich habe das Gefühl, die werden sie abholen.«

Anwalt Zimmer sollte recht behalten mit seiner Einschätzung. Frau Hermsdorf wurde am späten Nachmittag in U-Haft genommen.

Gegen drei Uhr kam Naomi. Sie hatte ein paar Leckereien aus der Bäckerei dabei, ich machte uns einen starken Kaffee. Glücklicherweise war Erdmann nicht im Hause, er hätte uns sicher nicht gerne alleine reden lassen.

»Willst du denn wirklich an diesem traurigen Tag in die Luxemburger Straße gehen?« fragte ich Naomi in der Hoffnung, die Sache vergessen zu können.

»Ehrlich gesagt: ja, Matz. Es fällt mir zwar auch nicht leicht. Es tut mir leid, was da passiert ist, auch wenn ich ihn nicht gekannt habe. Aber du mußt auch verstehen, daß ich jetzt nicht aufgeben kann.«

»Das verlange ich ja nicht von dir, Naomi. Aber zumindest heute sollten wir eine Pause einlegen. Wer weiß, was da los ist, jetzt, nach dem neuerlichen Mord.«

Ich machte alle erdenklichen Anstregungen, indes es war vergebens. Sie hatte es sich in den Kopf gesetzt, sie mußte dorthin.

»Sieh mal, Matz. Diese beiden Frauen, von denen ich dir erzählt habe, die warten auf mich. Bestimmt waren sie schon an meiner Tür und haben angeklopft. Ich mache mich unglaubwürdig, wenn ich heute nicht komme. Außerdem habe ich mit dem Hausmeister um fünf Uhr einen Termin, er kommt kassieren. Wenn ich dann nicht da bin, gibt's Ärger.«

Ich streckte die Waffen, was bedeutete, daß ich Naomi begleiten mußte.

Wir fuhren mit ihrem Golf. Dreihundert Meter vor dem Puff stieg ich aus und ging zu Fuß weiter, niemand brauchte zu wissen, daß wir zusammengehörten.

Als ich zum zweiten Mal auf meiner Runde an Zimmer 39 vorbeikam, hörte ich Gemurmel, es waren Frauenstimmen. Zitternd ging ich weiter. Ich versuchte, die Tür im Auge zu behalten. Es war mir nicht aufgefallen, daß jemand rein oder rausgegangen wäre. Nach einer halben Stunde wurde es mir zu bunt, ich horchte an ihrer Tür, konnte aber nichts hören. Ich klopfte an. Naomi hatte mich durch das Spekulierglas bereits erkannt. Sie ließ mich rein.

»Ich habe schon alles«, sagte sie stolz und fiel mir um den Hals.

»Wo sind die Frauen hingegangen? Ich habe niemanden dein Zimmer verlassen sehen.«

»Ach, Entschuldigung, Matz. Das habe ich dir nicht erzählt. Jedes Zimmer hat eine zweite Tür, dort, hinter dem Wandvorsprung. Die führt in einen schmalen, dunklen Gang, der Lieferantenzugang quasi. Es ist zugleich ein Fluchtweg für bedrohte Frauen. Von dort kamen die beiden, und nach dort sind sie auch wieder gegangen.«

Jetzt hatte auch ich die zweite Tür bemerkt. Gute Idee. Vom Innenhof aus war diese Zugangsmöglichkeit nicht zu erkennen. Das erleichterte es den Frauen, diskret Kontakt miteinander zu halten.

Naomi reichte mir einen verstaubten, grauen Schuhkarton, wie ich ihn aus Großmutters Zeiten im Gedächtnis hatte. Allerlei Kleinkram hatte man früher in solchen Behältnissen aufgehoben. Der Deckel wurde mit zwei roten Einweckgummiringen festgehalten. Ich nahm ihn vorsichtig in die Hände, wog ihn und dachte, ›Na, wenigstens keine Bombe‹.

»Möchtest du ihn für mich mitnehmen, Matz? Warte, ich packe ihn in eine Tüte.«

So verließ ich mit einer Einkaufstragetasche bepackt den Puff. Naomi folgte mir fünf Minuten später, nachdem der Hausmeister pünktlich abkassiert hatte. Sie war begierig auf den Inhalt des Kartons. Gerade so, als hänge ihr zukünftiges Lebensglück davon ab. Ich hatte dagegen eine völlig nüchterne Erwartung.

Wir warteten ab, bis wir zuhause waren. Die beiden Gummis waren so spröde, daß sie sofort in mehrere Teile rissen, als wir sie abstreifen wollten.

»Das Teil ist bestimmt zehn Jahre nicht mehr geöffnet worden, Naomi«, sagte ich. »Da ist bestimmt nur Ramsch drin.«

»Warts ab, Matz.«

Im Innern wieder jede Menge Gummibänder, die um kleine Päckchen gespannt waren. Es gab Briefpäckchen mit zahlreichen Ansichtskarten aus aller Welt, Fotosammlungen, Bündel von Notizzetteln oder Briefentwürfen in Handschrift. Wir schauten alles gemeinsam durch. Die Briefe und Karten hatten zum größten Teil Adressen in Übersee, fast alles in Afrika. Die Aufnahmen für die Ansichtskarten datierte ich auf die 70er und 80er Jahren, was sich auch durch die Poststempel bestätigen ließ. Die wenigen Namen Trierer Adressaten, die ich entdeckte, waren mir alle unbekannt.

In einem länglichen Umschlag steckte ein Bündel von Filmnegativen, teilweise in Schwarz-Weiß, teilweise in Farbe. Um darauf etwas zu erkennen, müßte man Abzüge machen lassen.

»Na? Zufrieden mit der Ausbeute?«

Sie saß still am Tisch und hatte Wut im Bauch. Ich hatte mich einmal mehr im Ton vergriffen.

»Komm, mein Schatz, Kopf hoch. Auch wenn das alles alte Sachen sind, ist es sehr gut möglich, daß brauchbares Material dabei ist. Zum Beispiel die Trierer Anschriften. Oder die Negative, da lassen wir uns sofort Abzüge von machen. Wir können mit Steinmann sprechen, dem sagt bestimmt das eine oder andere etwas.«

Naomi hatte die Krise. Sie war nicht nur verärgert über mich, sondern auch enttäuscht über den Inhalt des Kartons, auf den sie soviel Hoffnung gesetzt hatte. Ich mußte mir etwas einfallen lassen. Ich lud sie für den Abend ins Restaurant La Gondola ein, direkt am Mattheiser Weiher. Sie hatte mir einmal verraten, daß dies ihr Lieblingslokal sei, weil man im Sommer von der Terrasse aus den Blick auf den See frei hatte, den Enten zuschauen und die Teichrosen bestaunen konnte. Ich wunderte mich über mich selbst, als ich feststellte, daß ich Norberts Tod bereits abgehakt zu haben schien. Ich hatte ihn zumindest meisterlich verdrängt.

»Danke, Matz«, sagte sie nach einer Weile, und ich fand, sie blickte schon wieder einen Schuß heiterer in die Welt. Noch war es zwar nichts mit ihrem von mir so geliebten Lächeln, aber sie war übern Berg, meine geliebte Königin.

Wir mußten uns beeilen, damit wir vor Geschäftsschluß noch die Negative in den Fotoladen in der Hornstraße bringen konnten. Der Inhaber, der noch ein eigenes Labor hatte, sicherte uns die Abzüge bis morgen mittag zu.

Wir waren mit den Rädern unterwegs. Von der Römerbrücke aus nahmen wir den westlichen Moselradweg. Naomis tausend Zöpfe segelten im Abendwind durch die Lüfte, sie konnte schon wieder lächeln. In Höhe des Eros-Centers, das direkt an den Radweg grenzte, winkte ich ihr zu und rief: »Sieh mal nach rechts, deine neue Firma.«

»Sei still, du Scherzbold!«

Trotzdem blickte sie kurz nach oben, zur großen Fensterfront, mit der das Etablissement zur Mosel hin abschloß. Das war wohl der Kantinen- und Verwaltungstrakt des Hauses.

Vom Messegelände aus gings ein kurzes Stück bergan zur Südbrücke. Wir überquerten die Mosel bei lauem Seitenwind und fuhren das letzte Stück über die Aulstraße hoch zum Ziel. Das Restaurant war schon gut gefüllt, bei entsprechender Witterung war das im Sommer eine Goldgrube. Wir ergatterten den letzten freien Tisch auf der Terrasse.

»Wie groß ist unser Budget?« fragte Naomi, halb im Scherz, halb im Ernst.

»Du bist eingeladen, Schatz. Du darfst unlimitiert zuschlagen. Keine Sorge, ich habe sogar eine Kreditkarte dabei.«

»Prima, Matz, die wirst du auch brauchen, denn ich habe einen Bärenhunger.«

Dann würde der üppigste griechische Salat mit Bergziegenkäse, den sie liebte, nicht ausreichen, das wußte ich.

15. Die Barbaren

Es dunkelte schon, als wir die lampiongeschmückte Terrasse am Weiher verließen. Mattgrünes Gefunkel von Glühwürmchen, die ersten, die ich in diesem Jahr sah, zeigten es unwiderruflich an: es war Sommer. Gut gelaunt machten wir uns auf den Heimweg. Ich war glücklich im Wissen darüber, daß meine Beziehung zu Naomi den tragischen Ereignissen der letzten Tage und Stunden Stand gehalten hatte. Wir waren auf dem Weg, ein festes Paar zu werden, mit allen Haken und Ösen, mit allen Herausforderungen, die ein Leben Seite an Seite mit sich bringt.

Als wir unten durch Mattheis rollten, drang Sirenengeheul an unsere auf Frieden gestimmte Ohren. Ein Konzert von Polizeisirenen und Martinshörnern blies uns von der anderen Moselseite her entgegen. Zum Glück ebbten die Alarmsignale bald ab, und die Nacht legte wieder den Mantel des Schweigens über die schlaftrunkene Stadt.

Natürlich war dies eine Selbsttäuschung, denn jedermann wußte, daß es hinter den Kulissen heftig brodelte, eine Krisensitzung jagte die nächste, der Alltagstrott der Staatsorgane in der Provinzstadt war außer Tritt geraten. Hinter vorgehaltener Hand und jenseits schützender Klostermauern wurde über vieles gemunkelt, nichts war mehr so, wie es immer war. Das Vermächtnis des Pastor Gundermann barg genügend Sprengstoff für eine nachhaltige Detonation.

Kurz vor der Römerbrücke schoß ein Krankenwagen mit Blaulicht von Westen her über die Kreuzung und tauchte kurz darauf in der Altstadt unter. Also doch ein Unfall, dachte ich.

Wenige Minuten später, in der Straße am Irminenwingert, fuhren wir an Menschen vorbei, die zu Fuß in Richtung Irrbach unterwegs waren. Es wurden immer mehr, einige tuschelten miteinander. Völlig ungewöhnlich, mitten in der Nacht, soviele Leute auf der Straße. Augenblicke später sahen wir ein halbes Dutzend Streifenwagen. Sie standen kreuz und quer geparkt in unserer Straße, und ein paar Uniformierte waren gerade dabei, die Absperrung unseres Hauses mit orangefarbenen Signalbändern zu komplettieren.

»Ach du Scheiße«, sagte ich zu Naomi. »Da muß was Schlimmes passiert sein.«

Die Polizisten stoppten uns an der Absperrung, wie alle anderen Schaulustigen auch. Ich erklärte, ich sei Bewohner des Hauses.

»Können Sie uns vielleicht sagen, was hier abgeht?« fragte ich einen der beiden Uniformierten. Er schwieg.

»Kann mir mal jemand erklären, was hier los ist?« rief ich daraufhin laut in die Menge vor der Absperrung. Ich erkannte den einen oder anderen Nachbarn. Niemand wußte etwas.

Durch mein Rufen war die Einsatzleitung offenbar auf mich aufmerksam geworden. Ein stämmiger Herr mittleren Alters in Zivil baute sich vor mir auf.

»Kriminaloberkommissar Haverkamp, guten Abend.«

»Matz Mendgen. Ich bin Bewohner dieses Hauses, ich würde gerne wissen, was das alles bedeutet.«

»Darf ich mal bitte Ihren Ausweis sehen, Herr Mendgen?«

Es war Zufall, daß ich ihn bei mir trug. Der Beamte sah ihn sich genau an, dann durfte ich unter der Absperrung durchkriechen. Naomi wollten sie weiterhin zurückhalten. Es bedurfte schon eines energischen Protests bei Haverkamp, bis ihr erlaubt wurde mitzukommen.

Wir gingen seitlich durch den Hof bis unter die Laube hinterm Haus. Dort konnten wir in Augenschein nehmen, was passiert war: die Tür, die ins Haus führte, war aus dem

Schloß herausgerissen, Holzsplitter ragten aus dem Türrahmen heraus. Die zwei kleinen Milchglasscheiben im oberen Teil der Tür waren zertrümmert.

»Brutaler Einbruch, Herr Mendgen. Die Täter müssen sehr rücksichtslos vorgegangen sein. Ein Bewohner des Hauses ist bereits schwer verletzt ins Brüderkrankenhaus gebracht worden. Können Sie uns sagen, wie viele Menschen hier zur Zeit wohnen?«

»Mein Gott!« erschauderte Naomi.

»Außer uns nur einer, unser Vermieter, Herr Erdmann. Ist ihm etwas zugestoßen? Ist er verletzt?« schrie ich in heller Aufregung.

»Vermutlich schwere Gehirnerschütterung. Keine Lebensgefahr. Er lag dort hinten im Flur. Wurde wahrscheinlich zusammengeschlagen.«

Wir gingen ein kleines Stück ins Haus hinein, alles war hell erleuchtet. Zwei Uniformierte waren mit der Spurensicherung beschäftigt. Auf dem hellen Steinboden waren Kreidestriche zu sehen, dort muß Erdmann gelegen haben. In der Ecke unterhalb des Telefonbänkchens waren ein paar Blutspuren zu erkennen.

Wer war das? Was wollten die Leute hier? Waren sie auch oben in unserer Wohnung gewesen? Wer hatte die Polizei alarmiert?

Fragen über Fragen jagten mir durchs Hirn.

»Der alte Herr hat selbst den Notruf betätigen können, als er wieder bei Bewußtsein war«, sagte der Oberkommissar.

Wir begleiteten ihn nach oben, in meine Wohnung. Die Eingangstür war ebenso aufgebrochen worden wie die Haustür unten. Auch hier brannten alle Lichter. Die Einbrecher hatten ein heilloses Durcheinander angerichtet. Haufenweise lag Kleidung verstreut auf dem Boden, alle Schranktüren standen offen, egal ob in der Küche, im Schlafzimmer, im

Wohnzimmer oder im Arbeitsraum. Die Inhalte von Schränken, Schubläden und Regalen lagen wüst durcheinandergewirbelt in den Räumen. PC-Bildschirm, Anrufbeantworter und Faxgerät waren kurz und klein geschlagen. Hunderte von Büchern, Heften und Broschüren rollten zu Füßen ihrer üblichen Aufbewahrungsorte. Es war zum Haareraufen. Die Kripobeamten schien das nicht sonderlich aus der Fassung zu bringen.

»Herr Mendgen, haben Sie eine Vorstellung, was die Leute hier gesucht haben könnten? Verwahren Sie Wertsachen in Ihrer Wohnung? »

Der war lustig! Waren das etwa keine Wertsachen, die dort auf dem Boden herumlagen? Mein kleiner Bestand an Bürotechnik, meine geliebten Bücher? Zählte das nicht dazu?

»Herr Kommissar, das hier sind meine Wertsachen. Sehen Sie sich die Bücher an, der Computer, die Disketten, alle zertrümmert.«

»Können Sie denn feststellen, ob etwas fehlt, etwas Wichtiges, etwas besonders Wertvolles?«

Ich wußte, woran die Polizisten dachten. Aber ich wußte auch, was die Einbrecher gesucht hatten. Sie wollten uns, uns persönlich, sie wollten Naomi und mich! Das war mir jetzt völlig klar. Wir standen auf der Abschußliste des Dr. Pauli. Sonnenklar. Wir waren in den eigenen vier Wänden nicht mehr sicher!

»Entschuldigen Sie, Herr Kommissar. Ich will versuchen, Oberstaatsanwalt Breitkreuz anzurufen!«

»Aber Herr Mendgen, schauen Sie mal auf die Uhr, in einer halben Stunde ist Mitternacht! Was wollen Sie denn jetzt von Herrn Breitkreuz?«

»Weil das dieselbe Bande ist, die diese ganzen Sauereien anstellt. Alle drei Morde gehen auf das Konto von diesem Hermsdorf und seinen Helfershelfern. Die müssen sich verdammt gut auskennen in der Stadt. Viel zu gut, wie ich finde. Das will ich dem Breitkreuz sagen.«

Der Kommissar drückte mir sein Befremden aus über meine Schnellschüsse. Auch behauptete er, noch nie etwas von mir gehört zu haben, er kenne die AZ nicht. Dabei wurde sie jeden Monat auf dem Polizeipräsidium zu Hunderten kopiert. Seltsam.

»Matz, die Schachtel ist weg!« schrie Naomi ganz entsetzt vom Wohnzimmer her. Ich ging mit dem Kommissar rüber zu ihr.

»Ich weiß es noch ganz genau, ich hatte sie hier auf diesem Sessel stehen gelassen.«

»Was hatten wir denn Schönes drin in der Schachtel«, vorwitzelte Kommissar Haverkamp.

»Alte Briefe von mir und seltene Familienfotos, echte Raritäten«, sagte ich geistesgegenwärtig. »Mein Gott, das wäre eine Schande, wenn die alle verloren wären.«

Ich hatte keinerlei Bock, dem Kommissar die ganze Geschichte aufzutischen, es langte mir, mich morgen mit Breitkreuz auseinandersetzen zu müssen. Wir brauchten Objektschutz für unser Haus, und Personenschutz für Naomi und mich! So einfach käme er mir nicht davon, erst meine Freundin als Schnüfflerin benutzen, und dann uns beide vor die Hunde gehen lassen! Nein, mit mir nicht!

Ein Glück, daß Naomi mein Ablenkungsmanöver registriert hatte, sie beruhigte sich. Dann kam mir der Aktenordner in den Sinn, der Bauplan, Steinmanns Unterlagen! Wo waren sie? Ich ging in mein Arbeitszimmer zurück und wühlte die Papierberge auf dem Boden durch. Nichts. Diese Unterlagen waren verschwunden. Logisch, die hatten gezielt nach solchen Sachen gesucht, wenn sie uns schon persönlich nicht antreffen konnten. Nur gut, daß wir die Negative noch vor dem Abendessen ins Fotogeschäft gebracht hatten.

Zumindest diese Filme waren gerettet, sie waren unsere letzte Hoffnung, die einzig verbliebene Ausbeute von Naomis Puffeinsatz!

Nach einer halben Stunde, als der Leitende Kommissar sich noch immer den Kopf wegen der Motive der Einbrecher zerbrach, versammelten wir uns alle unten in Erdmanns Wohnung, die im übrigen verschont geblieben war von dem Vandalismus.

»Herr Erdmann scheint die Einbrecher auf frischer Tat ertappt zu haben«, folgerte der Einsatzleiter der Kripo. »Sie haben dann seinen Widerstand brachial gebrochen und sind unverrichteter Dinge abgezogen. Darf ich das so notieren, Herr Mendgen, daß keine nennenswerten Wertsachen fehlen?«

Ich stimmte dem Kommissar zu, weil ich einfach zu müde war zum Diskutieren und den Abzug der Polizisten herbeisehnte. Draußen hatten sich die meisten Schaulustigen inzwischen entfernt, nachdem sie gehört hatten, daß Erdmann im Krankenhaus lag. Zu gerne hätte ich gewußt, wie es ihm ging, aber ein Besuch zu dieser Stunde war wohl wenig ratsam.

»Ich schlage vor, wir fahren zu mir nach Hause«, sagte Naomi, als das Haus sich leerte und sich für uns die Frage stellte, wo wir den Rest der angebrochenen Nacht verbringen sollten. Meine Bude sah ja nicht eben einladend aus. Also nahmen wir das Angebot der Kripo an, die Tür von außen dicht zu vernageln und das Haus damit provisorisch abzusichern. Dann steuerte uns Naomi nach Kues. Eine halbe Stunde nach Mitternacht schlichen wir ins Haus der Beilsteins, nahmen ein gemeinsames, heißes Duschbad, bevor wir unter Naomis kuschelige Bettdecke schlüpften. Da es ein Einzelbett war, kamen wir uns unweigerlich noch einmal sehr nahe, bevor wir in die Träume verfielen.

Das war vielleicht ein Erstaunen am Freitagmorgen, als wir beiden zum Frühstück am Familientisch erschienen. Als »Eine Überraschung zum Geburtstag, Vater«, verkaufte Naomi unsere Anwesenheit. Ich hatte einen Bärenhunger, wie immer nach getaner Liebe! Naomi sah trotz der Anstregungen, die uns der Vortag abgefordert hatte, sehr zufrieden aus, ja sie wirkte heiter und glücklich. Wir hatten ja überlebt.

Die Beilsteins, die während des Frühstücks ihre Blicke verschämt zwischen Naomi und mir hin und her wandern ließen, als ob sie uns oder unsere Beziehung taxieren wollten, kauften uns die inszenierte Story bedenkenlos ab.

»Naomi ist sehr froh mit Ihnen, Herr Mendgen«, sagte Frau Beistein. »Was hat sie uns schon alles berichtet! Sie schwärmt regelrecht von Ihnen! Sie müssen ja ein sehr vielseitig begabter Mensch sein!«

Donnerwetter, jetzt kam es knüppeldick! Ich wurde rot, und Naomi fing es an, peinlich werden. So ist es halt, wenn man frisch verliebt ist, da raspelt man ›Süßholz en masse‹, und irgendwann bekommt man das Ganze serviert, nur nicht immer im rechten Augenblick.

Ohne auf eine Uhr zu sehen wußte ich, daß ich ein Problem hatte. Ich hätte längst unterwegs sein müssen ins HGT, wartetet doch um acht Uhr die erste Schulstunde auf mich, Spanisch fakultativ, in einer zehnten Klasse. Es würde wohl heute beim Fakultativen bleiben ...

»Darf ich mal eben in meiner Schule anrufen?« bat ich meine Gastgeber. Kein Problem. Ich sagte den Spanischunterricht ab, wegen unvorhergesehener Magenkrämpfe.

Bevor wir Gefahr liefen, über die aktuellen trierischen Verhältnisse zu plaudern, deren Verbreitung ja vor der Mittelmosel nicht Halt gemacht hatte, verabschiedeten wir uns und weg waren wir.

Naomi raste wie ein kleiner Schumi über die ländlichen Pisten, fast hätte es bei Schweich den Wagen aus dem Zubringer zur A 602 herausgetragen. Die Reifen pfiffen bedenklich.

»Paß bitte auf, Naomi. Das wäre ja ein Witz, wenn wir uns jetzt selbst umbringen würden.«

Sie setzte mich am HGT ab, heute würde ich ohne Unterlagen unterrichten. Naomi fuhr weiter an die Uni. In der großen Pause telefonierte ich draußen von der Telefonzelle aus mit Breitkreuz. Er war in heller Aufregung, hatte schon den ganzen Vormittag versucht, mich zu erreichen, vor allem wegen Naomi, der er strengstens untersagte, noch einmal in die Luxemburger Straße zu gehen.

»Ich kann keinerlei Garantien mehr übernehmen«, sagte der hohe Jurist, der durch die aktuellen Ereignisse erheblich in Bedrängnis geraten war. Als ich ihn auf den gewünschten Objektschutz für unser Haus ansprach, sagte er doch glatt, das sei Privatsache, ich solle mich an einen Wachdienst wenden. Ein starkes Stück! dachte ich mir, darüber würde noch zu reden sein. Ich erwähnte die Schachtel, die uns abhanden gekommen war. »Das einzige, was sie mitgenommen haben.«

»Mein Gott, Herr Mendgen! Die hätten Sie unverzüglich zu mir bringen müssen!«

Ich entschuldigte mich damit, daß es gestern abend zu spät gewesen sei, und daß wir außerdem zuerst die Abzüge der Negative herstellen lassen wollten. Das hellte seine Stimmung etwas auf.

»Wo lassen Sie die Arbeiten denn machen?« erkundigte er sich beiläufig. Ich sagte es ihm.

Die vierte Stunde war meine Freistunde. Ich ließ mich mit einem Taxi ins Brüderkrankenhaus bringen. Erdmann ging es den Umständen entsprechend gut. Er lag noch zur Beobachtung auf Intensiv. Ich durfte nur drei Minuten zu ihm rein.

»Dafür muß man 80 Jahre alt werden, dat einem die Gauner den Schädel einschlagen! Nä, dat gett'et doch net!«

Sehr schlecht schien es in der Tat nicht zu stehen mit ihm, so flappsig wie er drauf war.

Mein »Unkraut vergeht nicht« entlockte seinem blassen Gesicht ein zartes Lächeln. Weil alles so schnell gegangen war, könnte er sich nicht an die Gesichter der Täter erinnern, er wüßte auch nicht, wieviele es waren, nur, daß es mehr als einer war.

»Es war ja plötzlich stockdunkel«, sagte er, als müsse er sich dafür entschuldigen.

16. Dr. Pauli

Nach der fünften Stunde erwartete mich Naomi mit laufendem Motor. Ich hatte jetzt nicht die geringste Lust, in das häusliche Chaos zurückzukehren.

Auf der Fahrt in die westlichen Stadtbezirke schlug ich Naomi vor, im Restaurant zu Mittag zu essen, zur Feier des Tages, weil wir noch am leben waren. Ich lud sie, oder besser, uns beide, ein ins Monaiser Schloß, jenem Kleinod frankophiler Baukunst des 18. Jahrhunderts, weit draußen vor den Toren der Stadt, das nach der Restaurierung eine edle Gastronomie beherbergte. Wir bretterten über das alte Kopfsteinpflaster der Luxemburger Straße hinweg. In Höhe des Puffs erzählte ich Naomi von meinem Gespräch mit Breitkreuz.

»Das hier ist ab sofort Sperrgebiet für uns beide, hast du gehört, Naomi?«

»Du bist aber lustig, Matz, ich hab doch die Miete für heute noch nicht bezahlt.«

»Komm, vergiß es!« sagte ich nur.

Als wir wenig später unter den majestätisch aufragenden, napoleonischen Linden durchfuhren, überholten uns drei Streifenwagen mit surrenden Blaulichtern, die im selben rasenden Tempo gefolgt wurden von zwei Zivilfahrzeugen. Alle fünf fuhren mit einer Affengeschwindigkeit in Richtung Luxemburg.

»Wenn das mal nichts zu bedeuten hat«, mutmaßte ich. »Die sind doch bestimmt hinter jemand her!«

»Tut mir leid, Matz, da kann ich leider nicht mithalten, mit meinem alten Rabbit.«

»So war das auch nicht gemeint, Liebste. – Achtung, da vorne müssen wir rechts abbiegen.«

Das mondäne, unweit der Mosel dastehende Monaiser Schloß beeindruckte sie nachdrücklich.

»Können wir nicht hier wohnen, Matz? Würdest du mir das Schloß kaufen, wenn ich dich darum bitte? Wir könnten es zu unserem Lustschlößchen machen.«

»Au, schade, ich hab gerade meine restlichen 10 Millionen für einen guten Zweck gespendet. Zu dumm auch.«

Wir lachten, tanzten, umarmten uns in der Mittagssonne und küßten uns, bevor wir unser ›Lustschloß‹ betraten. Das Essen unter freiem Himmel war ein Genuß, genau wie am Vorabend, drüben, über Mattheis.

»Wir benehmen uns allmählich wie Touris«, sagte Naomi.

»Nur erleben wir zwischendurch – sozusagen zum Aufwachen – ein paar Adrenalinstöße der besonderen Art.«

Ich kam noch einmal darauf zurück, was ich während der Hinfahrt angesprochen hatte.

»Die Sache mit deinem Zimmer, du weißt, das mit der Nummer 39, das ist zu Ende, aus! Breitkreuz lehnt jede weitere Verantwortung ab. Er hat bereits die beiden Sicherheitsposten abgezogen. Also vergiß es. Das Geld für die Miete soll er sich herholen, wo der Pfeffer wächst.«

»Gut, ich werde später mit dem Staatsanwalt sprechen. – Aber sag mal, hast du was von deinem Vermieter erfahren, dem Herrn Erdmann? Weißt du, wie es ihm geht?«

»Ja, ich bin bei ihm gewesen. Es geht so. Er war schon wieder zu Scherzen aufgelegt. Ein wenig blaß um die Nase ist er nur.«

»Der arme Mann, wegen uns wäre er fast zu Tode gekommen!«

»Stimmt. Das wäre wirklich die Härte gewesen. Aber stell dir vor, wir beide wären gestern abend zuhause gewesen. Ich weiß nicht, ob wir mit einer Gehirnerschütterung davon gekommen wären.«

Bei mir bildete sich noch jetzt eine Gänsehaut, wenn ich daran dachte.

»Was sind das nur für Barbaren?« fragte sich Naomi kopfschüttelnd.

»Sag mal«, unterbrach ich sie. »Ich denke gerade an unsere Radtour gestern abend. Auf dem Weg nach Mattheis sind wir doch an der Rückseite des Puffs vorbeigefahren. Wir haben noch hochgeschaut zu den Fenstern. Könnten wir von dort oben beobachtet worden sein?«

»Im Prinzip schon. Aber was willst du damit sagen?«

»Überleg doch mal. Wenn die uns beide da unten vorbeifahren gesehen haben, und mal angenommen, dich hat jemand erkannt, dann mußte denen doch ein Licht aufgehen. Die konnten sich doch denken, daß du nicht wirklich dort arbeitest, oder? Vielleicht haben sie auch mich erkannt. Dann wäre es ja kein Zufall, daß kurz darauf bei uns eingebrochen wurde.«

»Zufall war das ohnehin nicht. Die haben gezielt Dinge gesucht, die sie mitgenommen haben, den Karton zum Beispiel. Ich sag dir, da war mehr drin, als wir uns vorstellen können. Mist auch, daß ich den nicht besser versteckt hatte!« ärgerte sich Naomi.

»Übrigens, der Breitkreuz ist deshalb mächtig sauer auf uns. Aber egal. Ich würde vorschlagen, wir fahren jetzt gleich im Anschluß zu dem Fotografen. Die Abzüge müßten ja inzwischen fertig sein.«

Kurz vor zwei Uhr bogen wir in die Hornstraße ein.

»Ja, mein lieber Herr Mendgen«, empfing mich den Inhaber mitleidig. »Tut mir leid, aber die Kripo ist heute morgen hier gewesen, gegen elf Uhr. Sie haben die Fotos beschlagnahmt, samt der Negative. Ich konnte nichts machen dagegen.«

»Woher konnten die wissen, daß ...?«

Ich klärte Naomi auf. Ich hatte natürlich Bockmist gemacht und Breitkreuz von den Negativen erzählt.

»Los, komm, wir fahren sofort zur Staatsanwaltschaft! Das will ich aus seinem Mund persönlich erfahren«, erregte ich mich. »Das ist ja eine Frechheit!«

Der halbe Irminenfreihof war durch Polizeifahrzeuge zugeparkt. Naomi versuchte, den Golf am Fahrbahnrand abzustellen. Sie hatte noch nicht einmal den Zündschlüssel abgedreht, schon klackten links und rechts MP-Läufe an die Autoscheiben. Da wird einem plötzlich ganz anders. Es waren Leute vom LKA, die jetzt in Breitkreuz' Diensten standen. Sie verlangten unsere Ausweise. Naomi hatte zufällig ihren »Werkvertrag« dabei, den ihr Breitkreuz am vergangenen Montag ausgestellt hatte. Ich zückte meinen Presseausweis. Mit Hilfe dieser beiden Papiere verschafften wir uns nicht nur Einlaß, sondern erhielten auch noch einen Parkplatz zugewiesen.

Breitkreuz war in einer Konferenz. Das Personal im Haus wirkte sehr nervös. Wir sollten doch bitte im Warteraum Platz nehmen, wurde uns mit sanftem Druck beigebracht.

»Hier ist was Großes im Gange«, raunte ich Naomi ins Ohr. »Ich schätze, daß bald eine Bombe hochgeht.«

»Sollten wir nicht besser verschwinden?«

»Warum? Solange die uns nicht rauswerfen, bleiben wir schön hier drin. Die Luft riecht nach Pulverdampf. Ich hab das Gefühl, da entscheidet sich im Augenblick etwas. Ich gehe auf keinen Fall, ohne vorher mit dem Chef gesprochen zu haben. Wir haben eine Menge Rechnungen mit ihm offen.«

Wir warteten eine Viertelstunde, eine halbe Stunde, ein Dreiviertelstunde, zwischendurch nur vertröstende Worte vom Personal. Dann wurde es mir zu bunt. Ich machte mich auf und stapfte mit Naomi durch die Etagen der Staatsanwaltschaft bis wir zu einer breiten Tür kamen, an der eine Metallplakette mit der Aufschrift ›Konferenzraum‹ haftete. Außerdem war ein Pappschild mit einem Bindfaden daran befestigt, auf dem handgeschrieben zu lesen war: Bitte nicht stören!

Ich klopfte an und öffnete die Tür, ohne daß mir ein Zeichen gegeben worden wäre. Da saß Breitkreuz an einem langen Tisch, zu seinen Seiten etwa ein halbes Dutzend Männer mit strengen Gesichtszügen. Zwei von ihnen trugen Polizeiuniformen.

»Herr Mendgen, sind Sie wahnsinnig geworden? Was wollen Sie hier?« Breitkreuz platzte der Kragen. »Wenn Sie nicht auf der Stelle das Gebäude verlassen, lasse ich Sie verhaften!« Daß es ihm bitterernst war, stand außer Frage.

»Entschuldigen Sie, Herr Breitkreuz. Ich muß Sie um eine dringende Auskunft ...«

»Raaaus! ... Raus, sage ich, und zwar auf der Stelle! ... Lassen Sie sich in ihrem Zeitungsbüro berichten, daß wir um 18 Uhr eine Pressekonferenz hier im Hause geben werden. Und unterstehen Sie sich nicht, mir vorher noch einmal unter die Augen zu kommen!«

Dieser Verbalbescheid in Verbindung mit der herben Drohung kam mir doch sehr befremdlich vor, schließlich hatte ich dem Mann nichts getan. Aber es half nichts, mein erneuter Anlauf, eine Erklärung für meinen Besuch abzugeben, wurde von zwei Herren der Tischrunde zunichte gemacht, die mich auf ein Handzeichen von Breitkreuz hin aus dem Saal hinauskomplimentierten.

»Der hat dich ganz schön zur Minna gemacht, Matz«, stand mir Naomi bei, während wir durch die dunklen Flure des Gebäudes dem Ausgang zustrebten.

»Ich weiß auch nicht, was in den Breitkreuz gefahren ist. Dabei haben wir ihm doch all die Zeit mit Rat und Tat zur Seite gestanden.«

»Kann man wohl sagen.«

Da ich die vorläufig wichtigste Information des Tages bereits hatte, verzichtete ich darauf, Naomi zum AZ-Büro zu dirigieren. Stattdessen fuhren wir zu meiner Wohnung, der erste Besuch seit Mitternacht. Bevor ich die Haustür zur Straßenseite hin aufschloß, sahen wir uns die Szenerie auf der Rückseite noch einmal bei Licht an.

In meiner Wohnung räumten wir zunächst das gröbste Durcheinander auf, die Kleider wanderten wieder in den Schrank, ein Großteil der Bücher zurück in die Regale. Aus dem Schlachtfeld in meinem Arbeitszimmer ragte wie ein Leuchtturm in rauher See der endlos blinkende Anrufbeantworter heraus. Der war wie durch ein Wunder den Attacken des Überfallkommandos entgangen.

Naomi machte uns inzwischen einen Kaffee, ich ließ das Band zurücklaufen und stellte den Lautsprecher auf Höchststufe, damit sie mithören konnte. Fast ein Dutzend Leute hatten sich gemeldet, die meisten aufgrund der heutigen Zeitungsberichte über den Mordfall Norbert Feuerkopf. Den hatte ich völlig verdrängt. Ein sicheres Zeichen, daß ich dringend Urlaub brauchte. Jetzt noch so eine Woche wie diese – das würde ich nicht überleben. Ich hörte mir das ganze Band an, ohne Lust zu verspüren, irgend jemand zurückzurufen.

Beim Kaffee versuchten wir, eine Zwischenbilanz zu ziehen, bei allen Unwägbarkeiten. Was war alles passiert? Wo standen wir? Was wäre jetzt zu tun?

Wir besaßen einige harte Fakten, drei Morde, einen Schwerverletzten, einmal Hausfriedensbruch in Verbindung mit Raub. Und dazu jede Menge Aufruhr, Erregung, Streß und die Gewißheit, daß man uns nach dem Leben trachtete.

Warum eigentlich? Weil wir zuviel wußten? Aber was war es denn, was uns so gefährlich machte für den oder die Täter? Was war das Ausschlaggebende?

Wir selbst konnten uns noch keinen Reim darauf machen.

»Meinst du, ich kann mitgehen zu der Pressekonferenz«, fragte mich Naomi. »Da wird sich mit Sicherheit ein Teil unserer Ungewißheit aufklären«, orakelte sie.

»Klar gehst du mit. Zur Not stelle ich dir einen Presseausweis aus. Ich bin wirklich gespannt, was der Breitkreuz für Geschütze auffahren wird. Wir müssen uns auf deftige Überraschungen gefaßt machen. Mit den Fotos hat er mich ganz schön gelinkt. Kein Sterbenswörtchen hat er darüber verloren, daß er sie beschlagnahmen wollte. Ich Depp bin ihm mal wieder auf den Leim gegangen.«

»Du kannst doch nichts dafür«, tröstete mich Naomi. »Das ist eben ein ausgebuffter Profi. Du hättest dabei sein müssen, wie er am Montag mit mir verhandelt hat. Ich dachte, ich sei im Film.«

»Und ich dachte, der wollte sich an dich ranmachen. Richtige Alpträume hatte ich«, gestand ich ihr.

Sie nahm meine rechte Hand, legte sie in ihre linke und streichelte sie zart.

»Ach, mein lieber Matz! Es tut mir leid, daß ich dich in solche Nöte gebracht habe. Ich verspreche dir, ich werde es bei nächster Gelegenheit wieder gut machen. Heute abend werden wir einfach abschalten, dazu kommt die Party meines Vaters gerade gelegen. Und morgen bleiben wir bis Mittag im Bett, einverstanden?«

Dabei blinzelte sie mich in ihrer verführerischen Art an, daß ich unwillkürlich einen ansteigenden Druck in meiner Hose wahrnahm.

»Wenn du mich dazu einlädst, herzlich gerne. Aber wer weiß, wann wir in Kues eintrudeln werden, es wird davon abhängen, wie lange die Pressekonferenz dauern wird.«

»Das macht doch nichts. Die Fete geht bestimmt bis weit nach Mitternacht.«

Um sechs Uhr abends drängelten sich an die drei Dutzend Journalisten im Konferenzraum der Staatsanwaltschaft. Die meisten kannte ich vom Sehen, es waren Vertreter der lokalen Medien. Von unserer Zeitung waren außer mir noch Klaus Singer und Heike Barth gekommen, eine unserer beiden Redakteurinnen. Also eine beachtliche Präsens für ein kleines Stadtmagazin.

Breitkreuz saß vorne an einem leicht erhabenen Pult, flankiert von zwei Kommissaren des LKA. Vom Trierer Polizeipräsidenten war nichts zu sehen. Der Leiter der Staatsanwaltschaft brauchte fast eine Stunde, bis er seine vorbereitete Erklärung zu Ende gebracht hatte. Sie enthielt den Gipfel des Nicht-für-möglich-Gehaltenen. Breitkreuz mochte es noch so einschläfernd vortragen – das Publikum war gefesselt von dem schwarzen Märchen, das sich vor unserem geistigen Auge entwickelte.

Der Chef der Staatsanwaltschaft ging zunächst ausführlich auf die Vorgeschichte des Falles Hermsdorf ein, der mit der Ermordung der falschen Prostituierten in eine neue Dimension vorgestoßen war. Doch anders als in den bisherigen Pressemitteilungen nannte er jetzt Roß und Reiter, er gab die Namen der im Hintergrund handelnden Personen preis. Er outete Pastor Gundermann als den Mörder, der im Auftrag von Dr. Pauli gehandelt habe, worauf ein Raunen durch den Saal ging. Viele Pressevertreter waren schockiert. Dabei hatten sie längst noch nicht alles gehört. Breitkreuz berichtete von der Ermittlertätigkeit ›einer erfolgreich ins Milieu eingeschleusten jungen Frau‹ (dabei spürte ich Naomis heiße Hände auf meinem Unterarm), diesmal ohne den Namen zu nennen. Er erwähnte den Mord an Norbert Feuerkopf, bezeichnete ihn ebenfalls als ›Unglücksfall‹, als ›Zufallsdelikt‹ desselben Auftraggebers, dessen Mordziel wiederum die Hauptbelastungszeugin im Prozeß gegen Hermsdorf gewesen sei.

Wer war nun dieser Dr. Pauli? Wäre Breitkreuz in der Lage, dessen Identität zu entschleiern? Die Spannung war mit den Händen zu greifen.

»Und heute, meine sehr verehrten Damen und Herren«, fuhr der Ankläger fort, »heute bin ich in der glücklichen Lage, Ihnen das Ende der jüngsten Gewaltserie in unserer

Stadt verkünden zu können. Alle Taten sind inzwischen lückenlos aufgeklärt. Ja, Sie haben richtig gehört, wir haben ihn, den Dr. Pauli! Ich darf es an dieser Stelle sagen, wir verdanken die Aufklärung im Wesentlichen der hervorragenden Leistungen der LKA-Mitarbeiter, die erst vor wenigen Tagen zur Verstärkung unserer örtlichen Sonderkommission nach Trier abgeordnet wurden. Die Festnahme der drei mutmaßlichen Haupttäter erfolgte vor jetzt genau vier Strunden auf dem Flughafen Luxemburg-Findel, präziser gesagt, in einem Jumbo der Fluggesellschaft Icelandair, nur sieben Minuten vor dem geplanten Start der Maschine mit Ziel Kennedy-Airport, New York. Diese beiden Kriminalkommissare, die sie hier zu meinen Seiten sitzen sehen, haben die Festnahme vor Ort durchgeführt. Für nähere Einzelheiten werden sie Ihnen im Anschluß an meinen Bericht zur Verfügung stehen.«

Mein Gott, machte der das vielleicht spannend! Der soll endlich die Namen rausrücken, wetterte ich innerlich.

»Nun wird es Ihnen sicher so gehen, wie mir vor einigen Stunden, meine Damen und Herren, als ich erfuhr, wer dieser Dr. Pauli ist, der seit Wochen durch unsere Computer, Akten und Fahndungslisten geisterte. Handelte es sich bei dieser Person nur um einen Spuk? Nein, darf ich Ihnen sagen. Dr. Pauli ist niemand geringeres als der Leiter, vielmehr der ehemalige Leiter der Dritten Strafkammer des Landgerichts Trier, Richter Peter Röhlers!«

Hatte schon der Name Gundermann bei vielen ein Schockerlebnis ausgelöst, wie dann erst diese Mitteilung! Bevor das im Saal entstandene Gemurmel zu tumultartigen Szenen ausufern konnte, ergriff Breitkreuz wieder das Wort.

»Heute vormittag, gegen elf Uhr, hatten wir noch nicht den geringsten Verdacht gegen Herrn Röhlers. Aber um zwölf Uhr, also kaum eine Stunde später, lagen uns Fotos vor, die eindeutig bewiesen, daß Herr Röhlers seit vielen Jahren enge Freundschaft mit dem Angeklagten Hermsdorf pflegte. Aufgrund dieser Fotos, die wir in einem städtischen Labor beschlagnahmen konnten, haben wir unverzüglich Herrn Röhlers' Wohnhaus aufgesucht, ohne ihn dort anzutreffen. Eine Nachbarin konnte uns den Hinweis geben, daß eine halbe Stunde zuvor ein Taxi aus der Hofeinfahrt herausgefahren sei, und wenn sie sich nicht völlig getäuscht habe, habe das Ehepaar Röhlers da drin gesessen. Ein Anruf in Luxemburg genügte, um zu erfahren, daß der Herr Röhlers auf der Passagierliste in die Vereinigten Staaten stand. Er habe erst vier Stunden zuvor einen Last-Minute-Flug gebucht, so die Flughafenauskunft. Sicherheitshalber ließen wir sämtliche Flughäfen und Bahnhöfe mit Fernreiseverbindungen im Umkreis von 200 Kilometern überprüfen, es hätte ja sein können, daß er eine falsche Fährte gelegt hatte. Während diese Überprüfung noch lief, waren unsere Leute mit fünf Einsatzwagen bereits unterwegs nach Luxemburg. Der Aufwand hat sich gelohnt. Herr Röhlers wurde in Begleitung seiner Ehefrau und zweier Männer angetroffen, bei denen es sich nach ersten Erkenntnissen um mehrfach vorbestrafte Killer aus dem Frankfurter Raum handeln dürfte, die erst vor kurzem in den Moselraum beordert worden waren. Diese beiden Männer führten im Handgepäck jeweils eine Plastiktüte mit 90.000 Mark in bar dabei, alles große Scheine. Im Gegensatz zu ihnen war das Ehepaar Röhlers aufgrund der erdrückenden Beweise im großen und ganzen sofort geständig. In seinem Handgepäck befanden sich rund 1,7 Millionen Mark und 390.000 US-Dollar, ebenfalls in großen Einheiten. Der Vollständigkeit halber muß ich erwähnen, daß auch ein pingelig geführter Aktenordner über die Geschichte des Eros-Centers, ein Originalbauplan sowie eine Sammlung von Briefen und Fotos verschiedener Prostituierter im Gepäck des Richters gefunden wurden, alles Gegenstände, die wir zur Zeit weiter auswerten.«

Während die Kollegen der Presse noch eifrig Notizen machten, nahm ich Anlauf, um Breitkreuz ein Stück weit von seinem hohen Roß herunterzuholen:

»Bei allem Respekt, Herr Oberstaatsanwalt, es hätte mich sehr gefreut, wenn Sie den Anteil Dritter an Ihrem Erfolg, vor allem den der Presse, ein wenig mehr gewürdigt hätten. Es dürfte Ihnen doch klar sein, daß Sie beispielsweise ohne meine Mitwirkung gar nicht an die Beweismittel gekommen wären. Und daß einer meiner Kollegen in diesem Kriminalfall zu Tode gekommen ist, ist Ihnen auch nur eine Randnotiz wert.«

Mit meinem Einwurf brachte ich nicht nur Breitkreuz aus dem Konzept, auch den Medienvertretern stand das Erstaunen ins Gesicht geschrieben, die meisten ließen spontan ihre Notizblöcke sinken.

»Ich bin Ihnen keine Rechenschaft schuldig, Herr Mendgen!« reagierte Breitkreuz verprellt und äugte dabei leicht verkniffen in meine Richtung. »Ich möchte Ihre Leistungen in keiner Weise schmälern, aber wer den Fall federführend zur Aufklärung gebracht hat, darüber brauchen wir jetzt wirklich nicht weiter zu diskutieren. Für sachdienliche Fragen stehe ich Ihnen allen weiterhin gerne zur Verfügung«, ergänzte er dann in bester Zimmermann-jagt-den Dieb-Manier, ans Publikum gewandt.

Es war, als hätte ich in ein Wespennest gestochen. Die Kollegen gaben sich mit der banalen Abwehr von Breitkreuz nicht zufrieden. Sie begannen, ihn zu löchern, forderten Details der Recherche. Auch wenn sich dem Chefankläger das Fell sträubte wie einem räudigen Hund – ich empfand keinerlei Mitleid mit ihm, nur ein wenig Genugtuung über die indirekte Anerkennung, die er jetzt zur Dämpfung des Unmuts bröckchenweise unters Publikum streuen mußte. Gerne hätte ich auch auf Naomis Rolle bei den Ermittlungen hingewiesen, doch sie bremste mich, sie wollte keinerlei Wirbel um ihre Person. Ich konnte sie verstehen und ließ es sein.

17. Der Film

»Den Ausweis auf den Namen Grace Babanduba werde ich in Ehren halten«, sagte Naomi, als wir endlich auf der Fahrt nach Kues waren. »Den bekommt das Schlitzohr von mir nicht zurück.«

»Sag ihm doch einfach, du hast ihn verloren, dann ist er aufgeschmissen. Aber mach nicht, daß du dich noch einmal dazu verleiten läßt, ins ›Gewerbe‹ einzusteigen.«

»Also Matz! Auf welche dunkle Gedanken du manchmal kommst! Glaubst du etwa, das hätte mir Spaß gemacht, da rein zu gehen? Mir selbst ist doch ein dicker Stein vom Herzen gefallen, als ich hörte, daß sich alles aufgeklärt, daß der Alptraum ein Ende gefunden hat.«

»Das stimmt. Ein Ende mit Schrecken ist allemal besser, als ein Schrecken ohne Ende.«

Auch wenn Breitkreuz Naomis Anteil an der Aufklärung der Verbrechenskette geschickt umkurvt hatte, so war ich doch sehr stolz auf sie. Ich bewunderte ihren Mut, ihre Furchtlosigkeit und Tapferkeit.

Auf der Autobahn in Höhe von Kenn machte ich Naomi den Vorschlag, diesmal die Moselstrecke zu wählen.

»Auf eine halbe Stunde mehr oder weniger kommt es jetzt bestimmt nicht mehr an. Dieses schöne Abendlicht sollten wir uns nicht entgehen lassen.«

So ließen wir uns flußabwärts treiben, fuhren über die alte Schweicher Brücke, passierten bald darauf die kleinen, knuddeligen Örtchen Longen und Lörch, dahinter das vergleichsweise neureich wirkende Mehring. Wir erfreuten uns an der schon teilweise im Schatten liegenden, typischen Mosellandschaft zwischen Pölich, Schleich und Ensch, den grünen Weinhängen, die man einst mit viel Mühe und Plage den mageren Eichenwäldchen abgerungen hatte, die dort zwischen hartem, grauen Felsgestein ihr Auskommen hatten. Viele der großen Schiefermassive von einst waren inzwischen den Sprengmeistern der Flurbereinigungsbehörde und den Planierraupen zum Opfer gefallen.

»Ach, da kommen ja die Fernsehstars«, begrüßte uns ein netter junger Mann, der sich als Naomis (Stief)bruder entpuppte. Er hieß Alfred.

Was sollte das? Ich war von den Socken, und ich sah, daß es Naomi ähnlich erging.

»Wieso Filmstars? In welchem Film hätten wir beide denn mitgewirkt? In welchem Film sind wir hier überhaupt?« machte sie ihren Bruder an.

»Na klar seid ihr's«, konterte der. »Ihr wart doch heute abend im Dritten Programm zu sehen, in den Landesnachrichten. Die Nachbarschaft hat uns angerufen, wir haben schnell eingeschaltet und sahen euch beide mit dem letzten Kameraschwenk. Ehrlich, ich mach keinen Quatsch.«

Naomi und ich schauten uns ungläubig an, aber da fiel auch schon der Groschen bei uns beiden.

Wir erinnerten uns an die Fernsehkamera des Südwestfunks, die bei Breitkreuz' Pressekonferenz mit dabei gewesen war. Die hatten wohl in aller Eile einen Beitrag zusammengestellt, auf dem wir im Hintergrund zu sehen waren. Die meisten Party-Gäste wußten also schon Bescheid über den Justizskandal, der vor wenigen Stunden im gerade mal 40 Kilometer entfernten Trier ans Licht der Öffentlichkeit gehievt worden war.

»Daß ihr beide da den Finger mit drin hattet, hätten wir uns wirklich nicht träumen lassen«, scherzte Alfred genüßlich weiter.

»Darf ich dir vorstellen, Matz Mendgen, mein Verlobter«, kam es plötzlich wie aus der Pistole geschossen aus Naomi.

»Angenehm, Alfred Beilstein.«

Während der folgenden Stunden waren wir die meist beschäftigsten Partygäste. Wir mußten wohl an die Dutzend Male die Rotlicht-Geschichte zum Besten geben, alle wollten wissen, was und wer da alles mit drin steckte. So sind die Moselaner, vorwitzig bis dort hinaus! Zwischendurch ergatterten wir uns den einen oder anderen Happen vom Büffet. Leider ließ man uns nicht mal in Ruhe essen.

Als es uns gegen zwei Uhr gelungen war, uns dem Trubel zu entziehen und wir uns glücklich unter Naomis Bettdecke verkrochen hatten, flüsterte ich ihr den einen Satz ins Ohr, mit dem ich den ganzen Abend über schwanger gegangen war: »Schön, daß ich heute erfahren durfte, daß wir beide neuerdings verlobt sind. Seit wann weißt du das denn, Naomi?«

Die Antwort gab mir binnen Sekunden ihr hüpfendes Herz.